LAC ADÉLARD

Groupe d'édition la courte échelle inc.
Division la courte échelle
4388, rue Saint-Denis, bureau 315
Montréal (Québec) H2J 2L1
www.courteechelle.com

Direction éditoriale : Carole Tremblay
Révision : Marie Pigeon Labrecque
Correction : Aimée Lévesque
Illustrations : Iris
Direction artistique : Julie Massy
Infographie : Catherine Charbonneau

Dépôt légal, 2019
Bibliothèque nationale du Québec

Le Groupe d'édition la courte échelle reconnaît l'aide financière du gouvernement du
Canada pour ses activités d'édition. Le Groupe d'édition la courte échelle est aussi
inscrit au programme de subvention globale du Conseil des arts du Canada et reçoit
l'appui du gouvernement du Québec
par l'intermédiaire de la SODEC.

Le Groupe d'édition la courte échelle bénéficie également du Programme de crédit
d'impôt pour l'édition de livres – Gestion SODEC – du gouvernement du Québec.

**Catalogage avant publication de Bibliothèque et Archives nationales du
Québec et Bibliothèque et Archives Canada**

Titre : Lac Adélard / François Blais ; illustrations, Iris Boudreau.
Noms : Blais, François, 1973- auteur. | Iris, 1983- illustratrice.
Collections : collection noire (la courte échelle)
Description : Mention de collection : collection noire
Identifiants : Canadiana (livre imprimé) 20190021055 | Canadiana (livre numérique)
20190021063 | ISBN 9782897742249 | ISBN 9782897742256 (PDF)
ISBN 9782897742263 (EPUB)
Classification : LCC PS8603.L3282 L33 2019 | CDD jC843/.6–dc23

Imprimé au Canada

François Blais

LAC ADÉLARD

Illustrations de Iris

la courte échelle

Prologue

On raconte que le lac Adélard s'appelle ainsi en l'honneur de son premier propriétaire, Adélard Narcisse, qui exploitait une érablière près de là, au milieu des années 1950. Dans les faits, cet étang aux eaux sombres, perdu au milieu de la forêt mauricienne, ne figure sur aucune carte, et il ne porte aucun nom officiel.

Quoi qu'il en soit, quelque chose rôde dans la forêt autour du lac Adélard. Certains résidents du rang Petit-Bellechasse Nord et des alentours affirment qu'il s'agit du fantôme de cette petite fille tenant une cage d'oiseau, dont ils jurent avoir aperçu la silhouette, au loin sur la voie ferrée, près du sentier descendant au lac. D'autres assurent que le site est visité par des êtres venus d'une autre planète, ce qui expliquerait les lumières étranges qu'on voit parfois dans le ciel de Charette, ainsi que les vrombissements que l'on entend jusque dans le rang Saint-Joseph, certains soirs d'été.

Les plus prosaïques parlent plutôt d'une grosse bête sauvage, d'un ermite, de phénomènes météorologiques rarissimes ou, plus vraisemblablement, de simples histoires à dormir debout. Mais cela n'explique pas que la forêt devienne silencieuse, que les oiseaux cessent de chanter à mesure que l'on s'approche du lac Adélard. Cela n'explique pas non plus que l'on y éprouve un sentiment d'oppression et d'anxiété, comme si quelque chose d'invisible mais de tout près vous observait et pouvait fondre sur vous à tout moment.

PREMIÈRE PARTIE

Journal de Rose-Marie

21 juin 1989

C'est beau, en tout cas moi je trouve ça beau, les choses qu'on voit ici. C'est beau, les arbres, les oiseaux, les insectes, le ruisseau qu'on entend tout le temps. Les cinq cabanes autour du lac, les framboises et les fleurs et les trains qui passent, les wagons-citernes noirs et les wagons de marchandises bruns, c'est tellement beau. Sur les wagons de marchandises, il y a des graffitis. Je n'ai pas le droit de m'approcher de la track quand c'est un train de passagers qui passe. Maman, Patrick, Denis et Marianne disent qu'on ne doit se faire voir de personne, le temps que les choses se tassent, que nos affaires s'arrangent, c'est très important de ne pas se faire voir, même pas des gens qui passent vite dans les trains de VIA Rail.

C'est beau, aussi, surtout, ce qu'il y a dans le chalet de la grand-mère de Robot: les chapelets, les cendriers de la Floride, les disques, les statuettes en bois noir de Tahiti, les vieux livres de religion avec le rebord des pages en or et les caisses de vieux journaux et le calendrier liturgique de l'année 1960 (ma fête tombe à la Saint-Lucien-de-Beauvais, et je trouve que c'est un beau nom). C'est beau, vraiment, la vaisselle dans le gros meuble en bois qui s'appelle justement un vaisselier. Les vases en cristal orange, les plats de service et les saucières avec des images de l'ancien temps dessus. Et la bonbonnière! C'est comme un petit bain sur pied, mais avec trois pieds au lieu de quatre. Elle est blanche et il y a un canari sur une branche peint sur un côté. Il y a du métal doré autour du rebord. Elle est tellement belle que je voudrais la voler et la cacher pour que personne ne puisse plus la voir jamais. Comme l'abaque à l'école avec les anneaux en caoutchouc. J'étais trop petite pour me faire disputer beaucoup, mais je me suis quand même fait disputer un peu, et maman m'a fait jurer de ne plus jamais prendre ce qui ne m'appartenait pas.

Je ne peux pas décrire tout ce qu'il y a chez la grand-mère de Robot, ça prendrait trop de temps, mais il faut au moins que je parle des bâtons de golf. La première fois que je les ai vus, j'ai passé des heures à les toucher et à les admirer, et j'étais tellement absorbée que je n'ai pas entendu Robot arriver derrière moi. J'ai eu peur qu'il se fâche, mais il a été très gentil, il m'a dit le nom de chaque bâton et m'a expliqué à quoi il servait. D'abord, on ne doit pas dire « bâtons », mais « clubs ». Les bois, les fers, les wedges, le putter. Les clubs du grand-père de Robot ont été fabriqués à une époque où les bois étaient encore faits de bois véritable. Le bois 1 (driver) est en acajou verni avec la marque (Wright & Ditson) gravée en lettres attachées jaunes sur la tête. Je trouve ça beau. Le sac est en cuir véritable. Dans une pochette sur le devant, il y a une poignée de tees, tu sais ces petites pinouches blanches que tu plantes dans le tertre de départ pour être certaine de ne pas abîmer le gazon en frappant ta balle.

Il a fait chaud aujourd'hui. Je me suis baignée dans le lac cet après-midi avec Marianne. C'est un tout petit lac. Marianne est belle, je la trouve belle. Quand elle a enlevé sa camisole pour se baigner, c'est comme si elle la portait encore, à cause de sa peau blanche là où elle n'était pas bronzée. Ses bras sont bruns, son ventre et ses épaules sont blancs.

J'ai demandé à Marianne: Tu penses que c'est creux comment? Elle a dit: Je sais pas, mais en tout cas je touche pas au fond. Et je lui ai demandé si elle pensait comme moi qu'il n'y avait pas de fond, qu'on nageait au-dessus de rien, et que quelque chose très loin dans les profondeurs nous regardait nager et pourrait nous faire du mal, ou pire. C'est une idée qui m'est venue comme ça.

Marianne a ri et a dit que j'avais beaucoup trop d'imagination. Mais quelques secondes plus tard, elle a dit: L'eau est vraiment froide, tu trouves pas? Viens, on va se sécher.

Mais l'eau n'était pas si froide, et je pense que Marianne avait l'impression comme moi que le lac n'avait pas de fond et que quelque chose nous observait loin en dessous. J'ai voulu faire sortir Molie de sa cage avant de m'endormir, mais elle m'a becquetée alors j'ai laissé faire. J'ai changé son eau et je lui ai donné un rameau de millet. Maman dit que c'est un comportement normal, que Molie est encore apeurée par le changement d'environnement. J'ai dit: Oui, ça doit être ça. Mais Molie me becquetait même quand on restait à Laval. Elle a toujours eu peur de ma main. Je sais qu'elle m'aime quand même. Moi aussi je l'aime. Elle ne sait juste pas que ma main est une partie de moi.

Élie

Au moment d'entreprendre son parcours à l'école secondaire des Chutes, à Shawinigan, Élie Bournival avait décidé depuis longtemps que l'école constituait une perte de temps. Les adultes dans son entourage avaient eu beau lui répéter que le secondaire n'était pas du tout comme le primaire, qu'on ne vous y traitait pas comme un bébé, qu'on vous laissait davantage d'autonomie et bla bla bla, Élie savait bien que cela n'était que de la *bullshit* ordinaire de grandes personnes. Primaire ou secondaire, l'école serait toujours l'école : des chaises, des pupitres, un tableau, un professeur, des devoirs. La seule différence notable résiderait dans l'heure et demie d'autobus qu'il allait devoir se taper quotidiennement.

Pendant les six années de son cours primaire, il n'avait rien appris du tout, ou en tout cas rien de vraiment intéressant ni d'utile. Tout ce qu'il savait, il l'avait appris hors des murs de cette affreuse bâtisse qu'était l'école Notre-Dame-des-Neiges. Son cousin Steve lui avait expliqué comment démonter le carburateur d'un quatre-roues et comment fabriquer une mobylette artisanale à partir d'une bicyclette et d'un moteur de scie à chaîne. Il avait appris par lui-même, en regardant des vidéos sur YouTube, comment faire un *backflip*, comment marcher sur les mains et comment manipuler un diabolo. Sa grand-mère lui avait enseigné l'art d'apprivoiser une perruche et de lui apprendre à parler.

Si on lui demandait quelle était sa matière préférée, il répondait « éducation physique », mais il s'agissait simplement du cours qu'il détestait le moins. Au moment de s'inscrire aux Chutes, il avait opté pour la concentration « Trampoline et sports d'hiver ». Cela ferait toujours quelques heures par semaine pendant lesquelles il n'entendrait pas parler de déterminants ni d'angles obtus. Pour le reste, il ferait comme il faisait à Notre-Dame-des-

Neiges : il serrerait les dents en attendant que la cloche sonne.

Toutefois, dès la première semaine de cours, Élie dut admettre qu'il avait eu tort, et que l'école secondaire des Chutes était un endroit extraordinaire. Pourquoi ? Parce qu'il pouvait y voir chaque jour Anna Guillot.

Pour cela, il suffisait de se lever, de prendre l'autobus, de s'asseoir dans la classe et d'attendre qu'elle fasse son entrée. Elle arrivait toujours à la dernière minute, quand tout le monde était déjà à sa place. Elle s'installait à son pupitre et défaisait son sac d'école en vitesse, les joues rouges d'avoir couru de l'auto de sa mère jusqu'à la classe puis, pendant les quelques minutes qui restaient avant le début du cours, elle se plongeait dans un roman. Élie n'avait jamais lu de roman, mais il était convaincu que regarder Anna lire un roman était mieux que tous les romans. Anna Guillot était merveilleusement belle quoi qu'elle fît. Elle était belle quand elle épluchait une clémentine, elle était belle quand elle aiguisait un crayon, elle était belle quand elle répondait à une question en classe, elle était belle quand elle marchait, elle était belle quand elle ne faisait rien du tout. Elle était surtout belle quand elle se faisait une queue de cheval avec l'élastique qu'elle gardait toujours au poignet (son expression concentrée, sourcils relevés, lèvres pincées, pendant que ses mains derrière sa tête rassemblaient la masse de ses cheveux châtain roux avec des gestes précis). En fait, dans ces occasions-là, Élie la trouvait si belle que cela lui faisait un petit peu mal.

Pendant le premier mois, il ne lui avait pour ainsi dire pas adressé la parole, bien qu'elle fût dans la plupart de ses cours. Il n'aurait pas su quoi lui dire et, de toute façon, il était content de simplement se trouver en sa présence et de pouvoir la contempler. Il ne s'en privait pas. C'était gratuit, facile et magique.

Il avait bien sûr tenté de l'impressionner en faisant le pitre, mais il était impossible de deviner l'effet de ses pitreries sur la jeune fille. En tout cas, si elle trouvait Élie amusant, elle cachait bien son jeu.

Le jour où il parvint à attirer l'attention d'Anna, ce fut d'une manière inattendue. Vers le début d'octobre, il y avait eu un exposé oral à faire en classe. Le sujet était libre, ou enfin très vague («parlez de quelque chose qui vous passionne»), et l'on pouvait apporter un objet de la maison pour illustrer son propos. Rien de ce qui passionnait Élie n'avait sa place dans une école (il n'allait tout de même pas débarquer dans la classe sur le quatre-roues qu'il avait monté avec son cousin à partir de vieilles pièces), aussi s'était-il rabattu sur un «objet» moins encombrant : Lucien, sa perruche.

Il avait commencé son exposé en précisant que Lucien était une perruche royale australienne mâle âgée de cinq ans. Il avait expliqué à ses camarades comment distinguer les principales variétés de perruches d'après les motifs de leurs plumages et comment différencier un mâle d'une femelle d'après la couleur de sa cire (la cire étant la protubérance que les oiseaux de la famille des perroquets ont à la base du bec). Il avait ensuite raconté que Lucien avait appartenu à sa grand-mère, et qu'il en avait hérité il y avait deux ans, à la mort de celle-ci. À cette époque, Lucien savait déjà prononcer une vingtaine de mots et de phrases brèves, en plus d'imiter à la perfection le bruit de l'eau qui coule dans l'évier et celui du passage à niveau (grand-maman Monique habitait tout près de la voie ferrée). Depuis, Élie avait passé de nombreuses heures à enrichir le vocabulaire de son petit compagnon, lequel comptait maintenant une centaine de mots.

Élie avait conclu son exposé en faisant une démonstration des talents de Lucien. Il avait dit «Lucien, lève la patte», et l'oiseau s'était exécuté; puis «Lucien, dodo», et Lucien avait rentré sa tête sous son aile et fait semblant de dormir. Élie avait ensuite ouvert la porte de la cage et avait dit «Lucien, épaule». La perruche avait alors pris son envol et était venue se poser sur l'épaule de son maître. Là, elle avait répondu à quelques questions simples, avait décliné son nom et son âge, et avait affirmé adorer le millet. En retournant à sa place après avoir reçu les félicitations de Mme Asselin, Élie remercia intérieurement Lucien de n'avoir pas pris l'initiative de proférer l'un des nombreux mots qu'il lui avait appris et qui ne se disent pas dans une salle de classe. Il était surtout soulagé que l'oiseau n'ait pas laissé échapper le dernier mot qu'il lui avait enseigné, «Anna».

À la fin du cours, celle-ci était venue le voir et lui avait dit:

– Est-ce que tu pourrais me montrer comment tu fais ?

Cela s'était passé de manière si soudaine et si naturelle qu'Élie n'avait pas eu le temps de pleinement réaliser ce qui arrivait : Anna Guillot lui adressait la parole ! En fait, la surprise était si grande qu'il en oublia de paniquer. Il put ainsi répondre, d'une voix à peu près normale :

– Te montrer quoi ?

– Me montrer comment faire pour apprendre à parler à ma perruche.

– T'as une perruche ?

– Ça irait mal, sinon.

– Hein ?

– J'aurais de la misère à apprendre à parler à ma perruche si j'avais pas de perruche.

– Euh… oui, j'imagine.

– Ça fait que…

– Ça fait que ?

– Est-ce que tu veux m'aider ? Ça fait un an que j'ai ma perruche et elle dit pas un mot. Pourtant je passe des heures à côté de sa cage à lui répéter son nom. Mais elle veut même pas apprendre son nom.

– C'est quoi son nom ?

– Enid.

– Enid ?

– C'est un personnage dans mon film préféré.

– Ah.

– Il y a sûrement quelque chose que je fais de pas correct.

– En fait, ça dépend d'un paquet de facteurs. Il y a des variétés de perruches qui sont moins douées. La tienne, c'est une quoi ?

– Je suis pas certaine...

– En tout cas, si tu veux qu'elle parle, ça irait mieux si c'était une ondulée. Et si c'était un mâle.

– C'est une femelle.

– Oh ! C'est plus difficile d'apprendre à parler à une femelle.

– Ça fait que je perds mon temps à essayer ?

– Non, ça demande juste plus de patience.

– Mais est-ce que tu peux m'aider ?

– Oui, c'est sûr. Tu voudrais que je... euh... que je passe chez toi à un moment donné ?

– Euh... oui, genre un soir où t'as rien de prévu. Ma mère pourrait aller te chercher et te ramener chez toi.

– C'est pas nécessaire. J'habite à Charette moi aussi.

– Pour vrai ? Mais comment tu sais que j'habite à Charette ?

Ici, il convient de marquer une pause, le temps d'apporter la précision suivante : quand je disais plus haut qu'Élie était heureux de simplement se trouver en la présence d'Anna et de pouvoir la contempler, ce n'était pas tout à fait exact. Il avait également entré le nom de la jeune fille dans les moteurs de recherche des principaux réseaux sociaux afin d'en apprendre un peu plus à son sujet. Hélas, Anna Guillot dévoilait très peu de renseignements personnels en ligne, ou enfin, il fallait faire partie de ses contacts pour y avoir accès. Cette séance d'espionnage virtuel avait tout de même permis à Élie de faire une étonnante découverte, à savoir la mention «habite à Charette» dans la section «À propos» de son compte Facebook. La microscopique municipalité de Charette est l'un de ces endroits où tout le monde connaît tout le monde et où il n'y a qu'une seule classe par niveau à l'école primaire. Élie en avait déduit qu'Anna était une Charettoise de fraîche date. Bien sûr, il n'allait pas avouer à sa nouvelle connaissance qu'il avait enquêté à son sujet. Il répondit plutôt :

— Euh… je… me semble que je t'ai vue l'autre jour à l'épicerie.

— Il y a une épicerie à Charette ?

— Oui, le marché Ami.

— Ah ! Oui. Le dépanneur.

— Anyway.

— Habites-tu au village ?

— Non, dans le rang Saint-Joseph.

— Donc tu vas avoir besoin d'un lift de toute façon. Je suis dans la rue des Mélèzes. Je vais demander à ma mère si on peut aller te chercher.

— Non, pas besoin, je vais y aller en vélo.

— Voyons donc ! C'est trop loin…

— Non, tous mes amis habitent au village, je fais le trajet presque chaque jour en vélo.

— OK, si t'aimes mieux ça…

— Je vais être chez toi vers sept heures. C'est correct ?

— C'est parfait.

Anna le remercia à nouveau, lui donna son adresse et alla rejoindre ses amies. Élie, lui, resta planté là jusqu'à ce que la cloche annonçant la reprise des cours sonne. Il fixait le vide d'un air idiot, son cerveau bloqué, incapable de traiter l'extraordinaire événement qui venait de se produire. Anna Guillot l'avait invité chez elle.

Il arriva à l'heure convenue à la porte de la grande maison au bout de la rue des Mélèzes. La jeune fille vint lui ouvrir, l'invita à entrer, le présenta en vitesse à une femme qu'il eut à peine le temps d'apercevoir («Élie, c'est ma mère ; maman, c'est Élie, il va à mon école. Il va m'aider avec Enid»), puis elle l'entraîna à l'étage.

La chambre d'Anna était grande et bien rangée. Sur les murs, il y avait des affiches de films qu'Élie n'avait pas vus, *Ghost World*, *Clerks*, *Princesse Mononoké*, etc., ainsi que des images encadrées représentant des gens et des personnages fictifs qu'Élie ne pouvait pas identifier. Près du lit se trouvait une grande étagère remplie à moitié de romans et à moitié de bandes dessinées. Sur la table de chevet, deux livres avec un signet dépassant de chacun : *Folk*, par Iris, et *Uzumaki*, par Junji Ito. Encore là, ces noms ne lui disaient rien et, en temps normal, cela l'aurait impressionné que quelqu'un lise deux livres en même temps.

Pour l'heure, il était simplement impressionné de se trouver là où Anna Guillot passait presque tout son temps en dehors de l'école. Il enregistrait mentalement chaque détail, s'émerveillait devant le moindre bibelot.

Devant la fenêtre en oriel se trouvait une grande cage sur pied dans laquelle une petite perruche ondulée jaune était occupée à picorer un os de seiche.

– C'est elle, Enid? demanda-t-il pour dire quelque chose.

– On peut rien te cacher, inspecteur Bournival.

– Ouin... c'était une question niaiseuse, hein?

– Ça existe pas, les questions niaiseuses, voyons. C'est ce que Mme Asselin nous a dit au début de l'année. Tu te souviens?

Les deux échangèrent un sourire, puis Élie dit :

– C'est une ondulée.

– Tu le vois à quoi?

– Les lignes sur sa tête et sur ses ailes. Tu vois, ça fait comme des... euh...

– Des ondulations?

– Exact!

Élie expliqua alors à Anna que les perruches ne parlent pas vraiment, qu'elles imitent plutôt les sons.

Elles font cela par jeu et, pour que votre perruche accepte de jouer avec vous, la première étape consiste à développer une relation de confiance avec elle. À la base, elle vous considère comme un prédateur, et il vous faudra faire preuve de beaucoup de patience pour la convaincre que vous n'avez aucune intention de la dévorer. Vous devrez ensuite l'habituer à votre main, un autre long processus. Car on a beau dire que les oiseaux de la famille des perroquets sont des animaux très intelligents, ils sont tout de même trop idiots pour faire le lien entre vous et votre main.

Élie constata rapidement qu'Anna et Enid avaient déjà une excellente relation. L'oiseau jabotait avec enthousiasme en présence de sa jeune maîtresse et se laissait volontiers manipuler. Maintenant, pour lui enseigner à parler, il suffisait de lui répéter très souvent et d'un ton enjoué le mot ou la phrase que l'on désirait lui apprendre.

Les deux adolescents tentèrent de faire dire à Enid son propre nom, la récompensant de quelques grains de millet chaque fois qu'elle émettait un son quelconque. Cependant, cette séance ne donna pas davantage de résultats que toutes celles qu'Anna avait eues en tête-à-tête avec sa perruche. Au bout de vingt minutes, Élie décréta qu'il valait mieux s'en tenir là pour l'instant. Les perruches sont dotées d'une capacité de concentration plutôt limitée et, pour que cela demeure un jeu, il convenait d'y aller à petites doses. Si Enid sentait que l'on cherchait à lui bourrer le crâne, elle risquait de se refermer.

Anna remit Enid dans sa cage en lui laissant un rameau de millet. Maintenant qu'il n'y avait plus l'oiseau pour servir de sujet de conversation, Élie se sentait un peu embarrassé. Pour se donner une contenance, il prit au hasard l'un des deux livres (*Uzumaki*) sur la table de chevet et entreprit de le feuilleter.

— Ça parle de quoi ? demanda-t-il.

— C'est une histoire d'horreur.

— Avec des fantômes ?

— Avec des spirales.

— Des spirales ?

— Oui, ça se passe dans un petit village au Japon, et les gens deviennent obsédés par les spirales, tout ce qui a la forme d'une spirale, les coquillages, les tourbillons dans l'eau, les cheveux frisés. C'est comme une malédiction.

– Tu lis des livres bizarres.

– T'aimes pas les histoires d'horreur ?

– Oui, mais les histoires d'horreur... euh... normales.

– C'est quoi, une histoire d'horreur normale ?

– Je sais pas...

– C'est quoi ton histoire d'horreur préférée ?

– Euh... *Shutter*, je pense.

– Et ça parle de quoi, ce livre-là ?

– C'est un film. C'est l'histoire d'un photographe qui se rend compte que le fantôme d'une fille apparaît dans toutes les photos qu'il prend, et là, lui et sa blonde enquêtent pour savoir qui est cette fille et pourquoi elle hante ses photos.

– C'est ça que t'appelles normal ?

– C'est normal pour un film d'horreur, disons. En tout cas, c'est moins bizarre que des gens qui font une fixation sur les spirales.

– OK, j'avoue qu'*Uzumaki* est un peu bizarre. Tu veux que je te le prête ? Peut-être que t'aimerais ça.

– Euh... OK. Merci.

Il n'allait tout de même pas avouer que le seul livre qu'il avait lu en entier dans sa vie était le manuel de *Grand Theft Auto V*. Il rangea l'album rouge dans son sac à dos et annonça qu'il devait y aller.

– Vas-tu revenir m'aider ? Ben, juste si t'as le temps, là. Pis si ça te tente...

– Oui, pourquoi pas ? En attendant, continue de lui parler. Ça va finir par débloquer.

– J'imagine.

– En tout cas, tu me tiendras au courant.

– Tu vas être le premier à le savoir quand Enid va parler.

Avant qu'Élie ne parte, les deux nouveaux amis s'ajoutèrent mutuellement à leur liste de contacts. Une fois dehors, le garçon n'enfourcha pas sa bicyclette immédiatement : il demeura un long moment sur le bord de la route, dans la pénombre, à regarder la lumière à la fenêtre de la chambre qu'il venait à peine de quitter, et à analyser ce qui s'y était passé. Elle lui avait demandé de revenir l'aider. Pourquoi ? Apprendre à parler à une perruche n'est pas une matière si complexe. Élie avait déjà communiqué à Anna toute l'information dont il disposait à ce sujet, information qu'elle aurait pu trouver de toute façon en tapant «comment apprendre à parler à une perruche» dans Google.

Il en était là dans ses réflexions lorsqu'il vit une voiture qu'il connaissait bien s'avancer lentement dans la rue des Mélèzes et se garer dans l'allée, devant le grand garage de la maison d'Anna. Il s'agissait de la Chrysler noire de M. Cossette, le directeur de Notre-Dame-des-Neiges, l'école primaire de Charette. La vignette du club Lions dans la vitre arrière empêchait toute méprise. Qu'est-ce que M. Cossette fabriquait là? Le premier réflexe d'Élie fut de prendre son téléphone et de texter Anna pour lui poser la question. Mais il se ravisa : s'il faisait cela, la jeune fille saurait qu'il s'était attardé devant la maison au lieu de rentrer directement chez lui. Il observa M. Cossette sortir de son véhicule, monter d'un pas rapide les trois marches du perron et entrer sans façon dans la maison. Son attitude prouvait qu'il était un habitué des lieux. Qu'est-ce que M. Net (ainsi appelait-on le directeur dans son dos, en raison de son crâne chauve et luisant) faisait chez Anna Guillot?

Élie éluciderait cet intéressant mystère une autre fois. Pour le moment, il commençait à geler, alors il enfourcha son vélo et traversa le village. De retour chez lui, il s'enferma dans sa chambre, s'installa sur son lit et ouvrit le livre qui parlait de spirales.

Anna

Anna eut un bref élan de panique en entendant la voiture d'Hervé se garer devant la maison. Elle songea à la catastrophe que cela aurait constitué si ce dernier et Élie s'étaient croisés dans le vestibule.

Ici, il faut marquer une autre pause pour dire qu'Anna s'était également renseignée au sujet d'Élie. Tout de suite après leur conversation à la fin du cours de français, elle s'était demandé ce qui lui avait pris d'inviter ce garçon chez elle sur un coup de tête. Elle était allée voir Andréanne et Odile, les deux nouvelles amies qu'elle s'était faites pendant son premier été à Charette, et leur avait demandé de lui parler de cet Élie Bournival du rang Saint-Joseph. Anna avait alors appris, entre autres choses, que celui-ci détenait sans doute le record de la commission scolaire pour le nombre de visites au bureau du directeur, et que lui et Hervé étaient comme chien et chat. Élie Bournival se paierait sa tête jusqu'à la fin des temps s'il apprenait pour sa mère et Hervé.

Enfin, la catastrophe n'avait pas eu lieu, Élie et son ancien directeur s'étaient manqués d'une bonne dizaine de minutes. Et puis, de toute façon, qu'est-ce que l'opinion de ce garçon qu'elle ne connaissait pas pouvait bien lui faire ? Et pourquoi l'avait-elle invité, pour commencer ? Anna ne tenait pas tant que ça à ce que sa perruche parle.

Au fond, elle savait ce qui lui avait pris d'aller vers Élie Bournival : il lui faisait penser à Sam, et Sam lui manquait.

Anna et Samuel Lamarche étaient les meilleurs amis du monde depuis la petite enfance. Ils s'étaient connus alors qu'ils n'avaient que trois ans, un âge où l'on devient amis par hasard. Dans le cas d'Anna et de Sam, le hasard avait voulu que leurs maisons soient toutes deux situées dans la 42e Avenue, près du parc Joseph-Paré, dans le quartier Rosemont, à Montréal. Les parents des environs avaient l'habitude d'amener leurs enfants jouer au parc l'après-midi. La mère d'Anna et celle de Sam s'étaient tout de suite bien entendues et faisaient en sorte de synchroniser leurs sorties. Elles s'assoyaient sur un banc et papotaient pendant que les enfants s'amusaient dans les modules de jeu ou dans la pataugeoire.

Les choses auraient pu en rester là. Après tout, il est rare que les amitiés de pataugeoire traversent les années. Et pourtant, leur amitié à eux avait survécu, malgré leurs personnalités opposées. Anna était une fille calme, studieuse et un peu timide. Samuel était un garçon crâneur, dissipé et extraverti. Mais ces différences étaient superficielles. Anna savait que Samuel parlait fort et faisait le clown en classe parce qu'il avait peur qu'on ne l'aime pas ou qu'on l'oublie. Samuel savait que, malgré son air sage et posé, Anna possédait une personnalité forte et un tour d'esprit frondeur. Et puis, ce qui les unissait était plus fort que leurs différences. Ils aimaient les mêmes jeux vidéo, les mêmes films, les mêmes bandes dessinées.

Le jour où la mère d'Anna s'était fait offrir un poste important à Shawinigan et avait conçu le projet de mettre en vente la maison de Rosemont pour aller vivre dans la campagne mauricienne, Samuel avait tout de suite rassuré son amie : oui, bien sûr, ils se verraient moins souvent mais, grâce à Internet, ils pourraient être ensemble sans être ensemble.

Les deux amis se parlaient en effet chaque jour sur FaceTime. Cependant, sans qu'aucun des deux n'ose le dire, ils se rendaient bien compte qu'être ensemble via Internet n'est pas exactement la même chose qu'être ensemble pour vrai. Au fil des mois, il s'était créé entre Anna et Sam une imperceptible distance. Enfin, pas si imperceptible que ça, car Anna la percevait très bien. Ils s'étaient fait de nouveaux amis chacun de leur côté, s'étaient découvert de nouveaux centres d'intérêt. C'est la vie, ce sont des choses qui arrivent, ça n'est pas la fin du monde, pour utiliser ces formules creuses que les adultes aiment répéter. (Ils disent aussi « on ne fait pas toujours ce qu'on veut dans la vie » ou « tu n'en mourras pas ». Comme si le fait de ne pas mourir représentait le comble de la félicité.)

La voix de sa mère, depuis le bas de l'escalier, la tira de sa rêverie :

– Anna ! Hervé est ici ! C'est pas poli de rester enfermée dans sa chambre quand il y a de la visite. Viens au moins dire bonjour.

– Je faisais mes devoirs, là !

– Tu faisais pas tes devoirs, ton sac est en bas. Tu l'as lancé dans le portique en arrivant, comme d'habitude.

– Euh… je pratiquais mon exposé oral pour demain, j'ai pas besoin de mon sac pour ça.

– Tu pratiqueras tantôt.

– Ouais, OK, c'est beau.

Anna s'efforçait de conserver une attitude distante face au nouvel amoureux de sa mère. En son for intérieur, elle admettait, à la rigueur, que cet Hervé était un monsieur dans la cinquantaine pas pire que tous les autres messieurs dans la cinquantaine. Enfin, les messieurs dans la cinquantaine sont un peu comme les téléromans de fin d'après-midi : tu en as vu un, tu les as tous vus. Pourquoi Marie-Hélène avait-elle jeté son dévolu sur celui-là plutôt qu'un autre ? Voilà qui constituait un mystère insoluble.

Anna poussa un long soupir, elle se composa un air qu'elle voulait poli mais blasé, puis elle descendit saluer Hervé.

Journal de Rose-Marie

22 juin 1989

Maman n'aime pas Robot, elle ne me l'a pas dit, mais ça paraît, et je ne sais pas pourquoi elle ne l'aime pas, moi je le trouve très gentil. Quand il est venu tout à l'heure nous apporter les provisions pour la semaine, il avait quelque chose juste pour moi: de la peinture en canne pour que je puisse faire des graffitis. Une canne de rouge, une canne de vert et une canne de peinture or. C'est beau, vraiment beau. L'autre jour j'avais dit à Robot combien je trouvais ça beau les graffitis sur les trains de marchandises, et que c'est ça que je voulais devenir plus tard: une personne qui fait des graffitis. C'est pour ça qu'il m'a offert les trois cannes de peinture. Il a dit: Tu vas pouvoir te pratiquer. Mais pas n'importe où, là, hein. Sur les murs de la bécosse qui ne sert plus, c'est correct, et aussi sur ceux de la petite cabane un peu plus loin dans le bois.

J'ai demandé à Robot pourquoi tout le monde l'appelait Robot, et il a dit: Si tu le devines, tu gagnes un prix. Tu sais la bonbonnière que tu trouves si belle dans le chalet de ma grand-mère, elle va être à toi.

Je n'en revenais pas qu'il accepte de me donner la bonbonnière. Je lui ai dit: Tu dis ça parce que tu sais que je ne devinerai jamais. Il a répondu que non, non, qu'en réalité ça ne devrait pas être une énigme très difficile à résoudre pour une fille intelligente comme moi. J'ai failli dire à Robot que je n'étais pas intelligente, que j'avais des problèmes d'apprentissage, mais je me suis retenue parce que ça me faisait trop plaisir que quelqu'un me dise que je suis intelligente. Robot a sorti son portefeuille et m'a montré son permis de conduire avec son vrai nom écrit dessus.

Il a dit: Est-ce que tu comprends pourquoi on m'appelle Robot? C'est facile.

Mais non, je ne comprenais pas, il a un nom normal, et ça devait paraître dans ma face que je ne comprenais pas, parce qu'il est parti à rire et il a dit: Ça presse pas, toi pis ta gang vous êtes ici pour une couple de mois. T'as le temps d'y penser.

Maintenant, il faut que je parle de la cabane à sucre. C'est un peu loin, mais pas tant que ça, on doit traverser la track et suivre le sentier qui tourne à gauche. On marche dix minutes et pendant tout ce temps-là on est toujours sur la propriété de la famille de Robot. C'est vraiment immense, tout ce qui leur appartient. Dans la sucrerie, il y a une vieille échelle en bois pour monter sur la plateforme où il y avait les couchettes. Il y a aussi deux gros barils qui servaient à recueillir l'eau d'érable et un grand bac carré en ciment. C'est beau, l'échelle, les barils et tout. Sur le mur il y a ça écrit au crayon, que j'ai copié dans mon cahier: «1957. Éva, j'ai coucher à la cabane le 1 avril. On a fait une grosse brasée de 55 livres.» Robot m'a expliqué qu'Éva était l'épouse de M. Adélard Narcisse, le monsieur qui possédait la terre à l'époque. Je trouve ça beau que M. Narcisse ait laissé un message à sa femme pour lui parler de cette grosse brassée de 55 livres, même s'il a fait un peu de fautes en écrivant.

23 juin 1989

Avec Patrick, on a nettoyé la cage de Molie, on a fait partir les crottes séchées en frottant avec une brosse à dents qui ne sert plus, on a rincé et rempli son abreuvoir d'eau fraîche, on a rempli sa mangeoire et on a fixé un rameau de millet dans l'affaire en plastique qui sert justement à ça. (Il y a un grelot après l'affaire en plastique et il tinte quand Molie picore son millet.) Finalement, on a mis une page de journal neuve dans le fond. Molie va faire caca sur la photo de Guy Lafleur. Patrick et moi on trouvait ça très drôle.

Je ne l'ai pas remise dans sa grande cage tout de suite, je l'ai mise dans la petite cage cylindrique, plus facile à transporter, et je l'ai emmenée en promenade avec moi. Maman m'a répété pour la millionième fois de ne pas aller plus loin que l'érablière, et de m'éloigner de la track si un train de passagers s'en venait. Mais de toute façon je suis seulement allée à la petite cabane dans laquelle il n'y a rien à part des vieilles chaises et des pots contenant des vis et des clous rouillés. J'ai posé la cage de Molie sur une souche, j'ai sorti mes cannes de peinture de mon sac à dos et j'ai dessiné sur les murs de la cabane. Je ne suis pas très bonne et ça me fâche. La peinture dégouline et mes lignes sont toutes croches. J'imagine que c'est un tour à prendre, mais je ne possède que trois cannes de peinture, en tout et partout, et je pense que ça ne sera pas suffisant pour que je devienne un peu bonne. J'apprends lentement. À Laval j'étais dans une classe pour les enfants qui apprennent lentement. On était six dans la classe et on n'était vraiment pas brillants. Tu nous demandais une affaire niaiseuse, genre la capitale du

Canada, et tu avais six réponses différentes. Martin Saint-Cyr ne savait même pas c'était où, ça, le Canada.

À la fin de l'été, on va partir vivre en Amérique du Sud. Au Pérou ou au Chili. Et j'ai peur de ne jamais être capable d'apprendre l'espagnol et de ne jamais me faire d'amis. Il faut dire qu'à Laval je parlais la même langue que tout le monde et je n'avais pas d'amis quand même. Au moins l'Amérique du Sud c'est beau, beaucoup plus beau que Laval, avec les montagnes et les villages dans les montagnes et les nuages et les lamas. J'ai vu des images, c'est vraiment beau.

Comme je n'arrivais pas à faire des beaux dessins, j'ai juste écrit nos noms, à Molie et moi, avec la peinture en or sur un mur de la cabane. « Rose-Marie was here », « Molie was here ». J'ai aussi écrit la date. Je vois ça souvent dans les toilettes à l'école, « Untel was here », je me suis renseignée : c'est de l'anglais et ça veut dire qu'Untel était là, dans les toilettes de l'école, et qu'il était tellement content d'être là qu'il a tenu à l'écrire sur le mur. Molie et moi on était vraiment contentes d'être là, dans la forêt, sauf que sur le chemin du retour j'ai pensé que ça n'était peut-être pas une si bonne idée d'avoir écrit mon nom et la date sur une cabane, vu qu'on est recherchés à cause de l'argent que Patrick et Denis ont volé, que j'ai été kidnappée par maman et Patrick, que ma photo et mon nom sont dans le journal, toutes ces affaires-là. Demain je vais aller cacher mes graffitis en mettant d'autre peinture par-dessus.

Élie

D'aussi loin qu'Élie se souvenait, les fins de semaine avaient toujours passé à une vitesse quasi
surnaturelle. Vous êtes assis à votre pupitre un
vendredi après-midi, la cloche de trois heures
sonne, vous vous dites : « Enfin ! », vous clignez
des yeux et vous êtes à nouveau assis à votre
pupitre, à vous faire expliquer comment calculer
l'aire d'un triangle.

Cette année, par contre, le long week-end
de l'Action de grâce lui parut interminable. Il alla
flâner à quelques reprises dans le coin de la rue
des Mélèzes en espérant tomber sur Anna par
hasard, mais il n'osait pas trop s'approcher de sa
maison, de peur d'avoir l'air, justement, du gars qui
flânait dans le coin pour tomber sur elle par hasard.

Il ébaucha des dizaines de textos, dans lesquels il lui demandait si Enid progressait, lui faisait part de ses impressions sur *Uzumaki*, ou lui demandait simplement ce qu'elle faisait de bon. Mais il n'appuya jamais sur «Envoyer». Il se rendit à quelques reprises au parc Francis-Bellerive, qui constitue le seul lieu de rassemblement pour la jeunesse de Charette. Il y croisa Odile Villemure et Andréanne Brunet, les amies d'Anna, mais elles n'étaient pas accompagnées de cette dernière. Où était-elle? (Élie apprit plus tard qu'Anna avait tout bonnement passé la fin de semaine chez sa grand-mère, à Boucherville.)

Depuis qu'il lui avait parlé, qu'il était allé chez elle, il pensait sans arrêt à elle. Il ignorait ce que cela signifiait; il savait seulement que son envie de revoir Anna prenait toute la place et l'empêchait de s'intéresser au reste.

Bien sûr, lorsqu'il la revit finalement à l'école, le mardi suivant, il ne laissa rien paraître de tout cela. Il alla à sa rencontre avant le début des cours et lui tendit nonchalamment son exemplaire d'*Uzumaki*.

— Tiens.

— Merci. Pis? As-tu aimé ça?

La vérité était qu'il n'en savait trop rien. Il avait lu le manga trois fois, il avait trouvé les dessins très beaux, et l'atmosphère du récit avait produit une drôle d'impression sur lui, cependant il n'arrivait pas à décider s'il avait vraiment aimé cela. Il se contenta toutefois de répondre que oui, il avait beaucoup apprécié *Uzumaki*.

— Dans ce cas-là, je peux t'en prêter d'autres. J'en ai dans le même genre.

— T'as d'autres livres sur les spirales ?

— Hmm, non, pas sur les spirales, mais j'en ai un autre de la même autrice. Ça se passe à Okinawa, et il y a des poissons avec des jambes qui se mettent à attaquer les humains et à envahir le Japon. Ça parle aussi d'un cirque pis d'une falaise, et là, il y a des formes humaines qui apparaissent sur la falaise… mais… euh… c'est dur à raconter…

— En tout cas, j'aimerais ça le lire.

— Cool, je te le prêterai. Je vais te l'apporter demain.

— OK, merci.

Il avait espéré qu'elle dise plutôt : «Viens le chercher chez moi après l'école», et il eut du mal à cacher sa déception. Il se souvint alors de ce qu'elle lui avait demandé l'autre jour, juste avant qu'il ne parte de chez elle : « Vas-tu revenir m'aider ? » Il lui tendit donc une perche en ce sens.

— Ah ! À propos, est-ce qu'Enid a enfin appris à dire son nom ?

— Non. Pis c'est pas parce que j'ai pas essayé.

— Ben, en tout cas, si…

À ce moment, la cloche annonçant le début des cours se fit entendre.

— Qu'est-ce que tu disais ?

— Euh… rien.

— OK. Oh ! En passant, c'est vrai que c'est bon, *Shutter*. Si t'as autre chose dans le même genre à me suggérer, quelque chose avec des fantômes, je veux dire…

Élie eut à peine le temps de répondre qu'il allait penser à ça avant qu'Anna et lui ne fussent séparés par la cohue des élèves s'engouffrant dans le hall principal de l'école secondaire des Chutes.

Élie avait mathématiques à la première période, ce qui constituait, à son avis, un retour à la réalité plutôt rude. Dès que tout le monde fut assis, M. Lemire entreprit d'expliquer la manière dont il fallait s'y prendre pour calculer le volume d'une pyramide à base carrée. Élie n'entendait rien, il rejouait en boucle dans sa tête la brève conversation qu'il venait d'avoir avec Anna. (Dans le cas improbable où il aurait un jour à calculer le volume d'une pyramide, il ferait comme pour tout le reste, il regarderait un tutoriel sur YouTube.) Ainsi, elle avait pris le temps de regarder le film dont il lui avait parlé. Elle avait donc pensé à lui à au moins une occasion pendant le week-end. Cette simple idée suffit à imprimer un sourire béat sur son visage. M. Lemire dut s'apercevoir que l'esprit d'Élie dérivait loin des pyramides à base carrée, car il crut bon lui faire remarquer que le congé de l'Action de grâce était terminé. Élie effaça le sourire de son visage, fit mine de se concentrer sur les formules que l'enseignant avait inscrites au tableau, puis il se replongea dans ses pensées.

Anna lui avait demandé de lui suggérer d'autres films de fantômes, et il prenait cette mission très au sérieux. Il se piquait d'être un expert en la matière. Il écarta d'emblée ceux que tout le monde a vus, ainsi que ceux, beaucoup trop nombreux, qui misaient sur les effets sonores tonitruants pour effrayer le spectateur. *Lake Mungo*, peut-être ?

Oui, *Lake Mungo* était un bon choix.

Il se demanda s'il aurait le courage d'inviter Anna à regarder un film de fantômes avec lui. Non, il n'en aurait jamais le courage. Il était convaincu qu'elle ne lui répondrait pas : « Non, ça ne me tente pas. » Élie le verrait néanmoins dans son regard si elle n'en avait pas vraiment envie, et cela le blesserait trop. Et pourtant, il fallait bien qu'il trouve un prétexte pour la revoir en dehors de l'école.

Puis il lui vint cette idée : puisqu'elle aime tant les fantômes, elle serait peut-être partante pour visiter le seul endroit hanté des environs.

Bien sûr, le lac Adélard ne figure sur aucune liste du genre « Dix endroits hantés au Québec » ou « Quinze endroits à glacer le sang à moins de deux heures de Montréal », et aucune page Facebook consacrée au paranormal ne le mentionne. Cependant, tous les habitants du coin savent qu'il s'y passe des choses bizarres.

Élie y était allé des dizaines de fois, en quatre-roues ou à vélo, et il n'y avait rien trouvé de bizarre, hormis le fait que des gens aient un jour eu l'idée de faire bâtir ces cinq minichalets autour de cette mare perdue au milieu des bois. Tomy Livernoche jurait avoir un jour aperçu une petite fille sur la voie ferrée, tout juste à la hauteur du lac. Selon lui, la fillette portait un imperméable et des bottes de pluie, même s'il faisait soleil, et elle tenait une petite cage à la main. Mais Tomy Livernoche était un crétin, et tous les crétins ont vu un fantôme au moins une fois dans leur vie.

Avant d'inviter Anna au lac Adélard, Élie établirait d'entrée de jeu que lui-même ne croyait pas du tout aux fantômes, mais que cela pouvait être drôle de visiter un endroit « supposément » hanté. Et, bien sûr, pour que l'invitation ne passe pas pour ce qu'elle était en réalité, c'est-à-dire un simple prétexte pour passer du temps avec Anna, il convenait d'inviter d'autres personnes. Il s'arrangerait pour qu'il y ait quelques filles dans le lot, dont Odi et Dédé.

La météo annonçait une belle journée ensoleillée pour ce samedi 19 octobre. On partirait vers le milieu de l'après-midi et on se baladerait un peu dans les sentiers près des gros pylônes d'Hydro-Québec. Puis, quand le soleil commencerait à décliner, on se rendrait au lac Adélard et on ferait un feu. Steve, le cousin d'Élie âgé de seize ans, se chargerait d'allumer le feu et, d'une manière générale, veillerait sur les plus jeunes.

Le jeudi après-midi, après la fin du dernier cours, Élie alla trouver Anna dans la salle des cases. Entre-temps, elle lui avait prêté le manga dont elle lui avait parlé, et il l'avait lu d'une traite la veille. Il lui rendit son exemplaire en lui disant tout le bien qu'il en avait pensé.

– T'as vraiment aimé ça? lui demanda-t-elle.

– Oui, vraiment. Je me demande comment elle fait pour inventer des histoires comme ça...

– Ça t'arrive jamais d'imaginer des histoires bizarres?

– Hmm... non. En tout cas, je serais pas capable d'en inventer des aussi bizarres.

– Ouin, moi non plus, j'avoue. Hé, t'sais que j'ai presque pas dormi de la nuit à cause de toi?

– À cause de moi?

– Oui, j'ai vu *Lake Mungo* hier soir. Après ça, j'ai pas osé fermer la lumière de ma chambre, et j'ai jasé jusqu'à trois heures du matin avec mon ami de Montréal parce que je voulais pas me retrouver toute seule.

Élie éprouva une grande satisfaction à l'idée que son film de fantômes ait fait si peur à Anna, en même temps qu'il se sentit un peu triste de ne pas être cette personne de Montréal qu'Anna appelait au milieu de la nuit quand elle avait besoin d'être rassurée.

— Mais je suis pas certaine d'avoir bien compris la fin, poursuivit-elle, est-ce que le fantôme de la fille revient réellement ou c'est juste dans la tête de ses parents...

— C'est pas clair, mais j'imagine que c'est voulu de même.

Après avoir pris son manteau et son sac d'école, Anna se dirigea vers le foyer étudiant. Sa mère, qui travaillait dans le bas de la ville, passait la prendre à seize heures trente. La jeune fille avait donc une heure et demie à tuer chaque soir. Elle en profitait pour lire et faire ses devoirs. Élie aurait bien voulu poursuivre la conversation sur les fantômes (et profiter de l'occasion pour lancer son invitation), mais il n'arrivait pas à imaginer un prétexte pour accompagner Anna au foyer étudiant, et puis son autobus partait dans une dizaine de minutes. Comme si elle lisait dans ses pensées, Anna dit :

– Hé, j'ai pensé que tu pourrais voyager avec nous autres. T'sais, vu que tu restes à Charette toi aussi. T'arriverais un peu plus tard chez toi, mais c'est quand même mieux que le bus.

– J'avoue que je déteste la bus, mais euh... ça dérangera pas ta mère?

– Ça va sûrement la déranger, mais inquiète-toi pas, elle est trop polie pour le laisser voir.

– Euh...

– Je te niaise. Ça va lui faire plaisir. Et on dit *un* bus.

– Si t'es sûre que ça dérange pas, oui, je vais embarquer avec vous autres. Merci. Je vais aller avertir le chauffeur de ma bus, pour pas qu'il pense que je me suis fait kidnapper.

– Je vais être au foyer.

Lorsqu'Élie vint la rejoindre dix minutes plus tard, Anna avait le nez plongé dans son manuel d'histoire et révisait en prévision de l'examen de la semaine suivante. Élie n'avait pas coutume d'étudier, mais il fallait bien se donner une contenance, alors il ouvrit lui aussi un manuel au hasard et fit mine de lire. À certains moments, leurs regards s'accrochèrent au-dessus de la tranche de leurs livres, et Élie en profita pour lancer son invitation. Il avait déjà préparé son entrée en matière :

— Euh… je sais que tu crois pas aux fantômes, mais…

— Qui t'a dit que je croyais pas aux fantômes ?

Anna

L'été précédent, Anna était allée passer deux semaines chez sa marraine, à Londres. Le soir de son
retour, elle s'était couchée très tôt, épuisée par son
voyage et par le décalage horaire. Elle s'était réveillée
au milieu de la nuit et avait aussitôt senti une présence
près d'elle. Elle savait que quelqu'un se trouvait dans
sa chambre. Faisant semblant d'être toujours endormie, elle avait entrouvert les yeux et avait aperçu une
silhouette dans le fauteuil près de son lit.

La pièce étant plongée dans l'obscurité, Anna
ne pouvait pas voir la physionomie de la personne
qui se tenait là ; elle devinait seulement qu'il s'agissait d'un homme et que cet homme la regardait.
Contre toute attente, elle était parvenue à se rendormir et, lorsqu'elle s'était réveillée pour de bon,

le lendemain matin vers huit heures, le fauteuil était vide. Anna décida qu'elle avait rêvé.

Cependant, la nuit suivante, elle se réveilla à nouveau avec la certitude que quelqu'un se trouvait près d'elle. À travers ses yeux mi-clos, elle vit encore la silhouette noire dans le fauteuil. Sentant la peur monter en elle, elle tenta de rationaliser le phénomène. Peut-être s'agissait-il d'une illusion d'optique, d'un jeu d'ombres ou quelque chose comme ça? Mais, à cet instant, la silhouette dans le fauteuil croisa ses jambes et, à ce geste naturel, Anna sut qu'il y avait vraiment quelqu'un là. Mais qui était-ce? La jeune fille habitait seule avec sa mère, il n'y avait pas d'homme dans la maison, et elles s'assuraient que les portes étaient bien verrouillées avant d'aller au lit.

Elle avait éprouvé une envie quasi irrépressible de hurler et d'appeler sa mère à l'aide, mais elle s'était retenue à la dernière seconde, craignant que l'être dans le fauteuil ne fasse du mal à sa mère si cette dernière entrait dans la chambre. Surtout, Anna avait peur de ne plus être dans la chambre quand sa mère y ferait irruption. Que la chose l'ait emportée dans un endroit d'où l'on ne revient pas.

Alors elle était restée silencieuse, elle avait simplement fermé les yeux, cette fois sans se rendormir, et ne les avait ouverts qu'au matin. Elle avait alors constaté qu'elle était seule dans la pièce. Là, elle avait pu dormir quelques heures avant que sa mère ne vienne ouvrir les stores en disant que c'était un péché de coller au lit par une belle journée comme ça.

Cela avait continué durant une semaine, pendant laquelle Anna avait très peu dormi. Elle était juste un petit peu trop vieille pour aller rejoindre sa mère dans son lit et, de toute façon, cela aurait seulement ajourné le problème : il aurait bien fallu qu'elle retourne coucher dans sa chambre à un moment ou à un autre. Elle n'avait parlé de l'homme dans le fauteuil à personne, même pas à Sam. Elle avait pensé installer une caméra dans sa chambre pour vérifier si quelqu'un venait réellement s'asseoir près de son lit chaque nuit, ou si elle perdait simplement la raison. Mais elle avait renoncé à l'idée : elle ne voulait rien faire qui indiquât à la chose qu'elle était au courant de son existence. Seulement, un soir, n'en pouvant plus, elle s'était redressée brusquement dans son lit, s'était

tournée vers la silhouette et avait crié : «Va-t'en!»
Et l'homme était parti. Il ne s'était pas levé et n'avait
pas ouvert la porte comme une personne normale,
mais avait plutôt été emporté par une bourrasque
d'obscurité, ou enfin, c'était très difficile à décrire.
Anna n'avait pas eu le temps de voir son visage,
mais juste avant que l'être ne disparaisse, elle avait
cru entendre un petit rire sans joie, un «ha, ha, ha»
morne et glacial. La mère d'Anna était accourue :

   – À qui tu disais de s'en aller ?

   – Personne, j'ai fait un cauchemar.

   – Ça avait l'air d'un gros cauchemar. Veux-tu
venir dormir avec moi pour le restant de la nuit ?

   – Non, ça va, c'est correct.

   Et elle s'était effectivement rendormie. L'ombre
dans le fauteuil n'était jamais revenue. Anna s'était
longuement interrogée. D'où venait cette chose ?
Que lui voulait-elle ? Cela avait-il un lien avec son
voyage à Londres, ou bien n'était-ce qu'un hasard
si cette présence avait commencé à se manifester
le soir de son retour ? Puis Anna avait cessé de
tourner ces questions dans sa tête, sachant qu'elle
n'aurait jamais de réponse. Quoi qu'il en soit,
depuis ce temps-là, Anna croyait aux fantômes.

– Qui t'a dit que je croyais pas aux fantômes ?

– Personne. Mais il me semble que c'est pas ton genre.

– Ah. Et ça ressemble à quoi, quelqu'un qui croit aux fantômes ?

Journal de Rose-Marie

24 juin 1989

J'ai demandé à Denis, qui a habité à Charette quand il était plus jeune, si on verrait les feux d'artifice d'ici. C'est tellement beau, les feux d'artifice, que c'est peut-être même la plus belle chose du monde. Denis a répondu : Aucune idée, ma puce, quand j'étais jeune, mes chums pis moi on descendait à Grand-Mère pour la Saint-Jean. C'était là que ça se passait.

À Charette, il paraît, c'est plus une Saint-Jean « pour les petites familles », avec du blé d'Inde et des hot-dogs dans l'après-midi, et des jeux pour les enfants dans le parc de l'OTJ, et peut-être un feu en soirée, avec deux, trois pétards. Je vais quand même regarder le ciel ce soir, on ne sait jamais.

J'ai failli demander à Denis s'il savait pourquoi on appelait Robot Robot. Il le sait sûrement vu qu'il le connaît depuis longtemps. Quand il était adolescent, Denis se tenait avec Robot et ils sont toujours restés amis et c'est pour ça que Robot accepte de nous cacher ici. Le lac Adélard et la forêt autour appartiennent à sa famille, mais sa famille habite loin et personne ne vient jamais ici. Je sais que ça serait comme tricher si je posais la question à Denis, mais les personnes comme moi n'auraient jamais rien dans la vie si elles ne trichaient pas des fois, et la bonbonnière est tellement belle. Mais je me suis retenue. Je vais essayer de résoudre l'énigme en réfléchissant, et si ça ne donne rien, je pourrai toujours tricher.

Dans la forêt cet après-midi, j'ai vu un chevreuil. Je lui ai dit bonne Saint-Jean et il s'est sauvé. Plus tard, maman et moi on a regardé ensemble un vieux livre sur l'Amérique du Sud qu'on a trouvé dans le chalet de la grand-mère de Robot. Il s'intitule « Romulo enfant de l'Amazonie sur les Ailes de l'espérance », il a été écrit par une dame du nom d'Henriette Major, et dedans il y a des photos de Romulo dans son village et de Romulo et de son père en pirogue sur le fleuve et des gens du village qui sont impressionnés parce qu'ils voient un avion pour la première fois. C'est beau l'Amazonie, c'est tellement beau, c'est au Brésil. Il paraît qu'il ne faut pas se baigner dans le fleuve à cause des piranhas qui peuvent se mettre en gang et dévorer une vache dans le temps de le dire. (Mais ça, ça n'était pas dans le livre, c'est de l'information que je savais déjà.)

J'ai demandé à maman si elle voulait commencer à m'apprendre des petites phrases en espagnol, pour que je sois capable de parler un peu avec les gens quand on va arriver au Pérou ou au Chili. Pour le moment, je sais dire ça : « sí » (oui); « no » (non); « soy Rose-Marie » (je m'appelle Rose-Marie); « dónde están los baños » (où sont les toilettes?); « mi perico es azul » (ma perruche est bleue).

Il s'est passé du temps depuis le dernier paragraphe, et là j'écris en cachette avec la flashlight parce que je suis censée dormir, mais je ne veux pas dormir parce que j'attends qu'il soit dépassé onze heures, au cas où il y aurait des feux d'artifice au village. Maman est allée rejoindre Patrick dans le chalet d'à côté. Il vient de se produire quelque chose, et je ne sais pas si je dois en parler aux autres ou pas. Il y a une demi-heure environ, j'ai entendu des clapotis dans le lac, comme si quelqu'un nageait. J'ai pensé: ça doit être Marianne qui avait trop chaud. Mais Marianne ne s'est plus baignée depuis qu'on s'est baignées ensemble l'autre jour et qu'on sentait qu'il y avait quelque chose dans l'eau, très creux au-dessous de nous. Elle a peur du lac le jour, alors imagine la nuit. Et puis, il ne fait pas assez chaud pour avoir trop chaud.

J'ai failli sortir pour en avoir le cœur net, mais je me suis retenue à la dernière minute en pensant que si c'était quelqu'un qu'on ne connaît pas, il valait mieux ne pas me montrer, vu le gros montant d'argent que papa et un organisme veulent donner à quiconque transmettrait un renseignement permettant de me retrouver. J'ai juste tassé un peu le rideau pour regarder dehors. Avec la lune qui est encore à moitié, je voyais assez bien, et c'était une fille dans le lac, mais pas Marianne ni maman, alors oui, j'avais bien fait de ne pas sortir. La fille avait les cheveux noirs et elle faisait des allers-retours dans l'eau, une fois sur le dos, une fois sur le ventre. Elle se propulsait à l'aide du petit barrage en béton où l'eau s'écoule vers le ruisseau. J'ai fait ça moi aussi quand je me suis baignée l'autre jour. C'est le fun. Elle était toute nue et c'est correct à cette heure-là. J'ai regardé la fille nager pendant quelques minutes, et puis il est arrivé ça : elle s'est arrêtée et elle a regardé dans ma direction. Je savais qu'elle ne pouvait pas me voir, j'avais juste tassé le rideau un peu et il faisait noir dans le chalet, mais elle fixait la fenêtre exactement comme si elle me voyait. J'ai eu un peu peur et je me suis ôtée de la fenêtre et j'ai été me coucher sur le lit. J'ai attendu mettons dix minutes avant de retourner voir. La fille était partie, et avec tout ça, il était presque minuit et je n'avais pas entendu de pétards au village. L'année prochaine à la Saint-Jean on ne sera plus des fugitifs, alors on va aller à la Saint-Jean sans se gêner, et j'imagine que la Saint-Jean du Pérou est au moins aussi grosse que la Saint-Jean de Laval, vu qu'ils sont beaucoup plus nombreux là-bas.

26 juin 1989

Je n'ai pas écrit hier parce qu'il ne s'est pas passé suffisamment d'affaires à raconter, et puis il faut que j'économise l'espace dans mon journal, qui est déjà rempli presque au tiers. Je pourrais toujours demander à Robot de m'en apporter un autre la pro-chaine fois qu'il va venir nous livrer les provisions. Pas besoin qu'il soit aussi beau que celui-ci (lui, je ne l'ai pas acheté, je l'ai gagné en ramassant des lettres en des-sous des bouchons de 7 Up, F-I-D-O-D-I-D-O, et c'est pour ça qu'il y a Fido Dido sur la couverture, et c'est surtout le F qui était difficile à avoir), mais juste un cahier normal acheté au Jean Coutu, ça serait correct, et même s'il n'y a pas de cadenas ça ne fait rien. Mais maman a dit qu'elle préférait ne rien demander à Robot. J'ai répondu: Oui, mais Robot nous rend déjà beaucoup service en nous cachant de la police. Et c'était un bon argument à mon avis, mais maman a dit qu'elle ne voulait pas avoir affaire à lui personnellement, qu'elle laissait Denis s'arranger avec. Elle m'a fait promettre de ne rien quémander à Robot. J'ai promis, mais à contrecœur (c'est un mot qui veut dire que ça ne me tentait pas, c'est un bon mot, c'est dans le dictionnaire).

J'aurais aussi voulu demander à Robot de passer dans une animalerie pour acheter de la pâte d'œufs pour Molie. Elle mue présentement, et quand les perruches muent elles ont besoin de beaucoup d'énergie pour faire pousser leurs plumes neuves, et si on ajoute de la pâte d'œufs à leurs graines, ça les aide.

Mais comme je ne peux pas demander à Robot, il a fallu que je me débrouille. J'ai mis dans le fond de sa cage des insectes morts que j'ai trouvés entre les fenêtres et j'ai mélangé un peu de jaune d'œuf à ses graines. J'espère que ça va être correct.

Il a mouillé fort hier toute la journée, et on est restés à l'intérieur à jouer au tock avec le jeu de tock qui appartenait aux grands-parents de Robot. Moi j'avais les billes rouges et j'ai perdu. La planche a été fabriquée par le grand-père de Robot, qui s'appelait Gédéon et qui était très habile de ses mains et qui est allé en Italie pendant la guerre pour tuer des Italiens et il a reçu une médaille. C'est Denis qui nous a tout raconté ça. Les gens ont cessé de s'appeler Gédéon de nos jours, et c'est dommage parce que c'est un beau nom.

Maman et moi on a parlé pendant longtemps de l'Amérique du Sud quand elle est venue me border, et j'ai continué à apprendre l'espagnol. J'ai appris à dire: «Mi nombre es Rose-Marie y estoy perdida» (je m'appelle

Rose-Marie et je suis perdue), et « La comida fue excelente » (le repas était excellent), et aussi des noms d'animaux, de couleurs et de légumes. J'ai eu de la misère à m'endormir, et quand je me suis endormie j'ai rêvé que j'avais de la misère à m'endormir, ça fait qu'à matin je pensais que je n'avais pas dormi de la nuit, mais finalement oui, j'ai dormi parce que je me suis souvenue d'un rêve que j'ai fait où il y avait un hibou avec des dents dans la piscine de la maison de papa. Mais ce n'était pas vraiment la maison de papa, et la piscine n'était pas pareille et ma cousine Kathie Lachance était là.

Il pleuvait encore aujourd'hui, mais presque pas, alors je suis allée me promener près des gros pylônes qui sont très beaux, on dirait des géants de fer qui tiennent les fils électriques dans leurs mains. Ils ont coupé les arbres à cet endroit, ça fait comme un grand corridor dans la forêt. Même s'il ne pleuvait presque pas j'étais toute mouil-lée à cause de l'eau qui tombait des feuilles des arbres. Je suis restée un petit moment à regarder les pylônes, mais pas longtemps parce que je savais que je n'étais pas seule. Je ne voyais personne, mais je savais qu'il y avait quelqu'un tout près. Ça fait ça des fois. J'avais un peu peur parce que je ne savais pas qui était là, mais je suis revenue en marchant d'un pas normal pour ne pas montrer que j'avais peur. J'ai couru juste en dernier, quand j'ai été rendue proche de la petite cabane du CN.

Élie

– Ah. Et ça ressemble à quoi, quelqu'un qui croit aux fantômes ?

C'était une question piège, Élie le sentait. Oui, c'est vrai, à quoi ressemble quelqu'un qui croit aux fantômes ? La réponse facile était que cela ressemblait à Tomy Livernoche (alias Lobo-Tomy), c'est-à-dire à un imbécile des ligues majeures. Mais Élie sentait que cela n'était pas la bonne réponse, et il tenait à donner les bonnes réponses aux questions que posait Anna Guillot. Malheureusement, le visage de cette dernière ne fournissait aucun indice. Il acheta un peu de temps en y allant d'un «Ben… ça dépend…» qui ne voulait rien dire.

– Ça dépend de quoi ?

– Euh…

– Toi, est-ce que tu y crois?

– Ça dépend, se contenta de répéter Élie.

– Pourrais-tu être plus vague que ça?

– Ben, je pense que pour aimer les films de fantômes, il faut au moins y croire un petit peu. Parce que, t'sais, c'est difficile d'avoir peur de quelque chose si on est certain à cent pour cent que ça existe pas, non?

– Donc, tu y crois «un petit peu»?

– Disons que je crois un peu aux fantômes à trois heures du matin, et pas du tout à midi.

– Oui, comme tout le monde, constata Anna. Mais t'as jamais vu de fantôme à trois heures du matin?

– Non. Toi, tu crois aux fantômes?

– Ça dépend.

– Anyway, aurais-tu envie de voir un endroit hanté?

– Tu parles du lac Adélard?

– Tu connais le lac Adélard?

– Andréanne pis Odile m'en ont parlé. Il paraît que vous y allez samedi.

– As-tu envie de venir avec nous autres?

– Je sais pas. Personne m'a invitée…

– C'est ça que je suis en train de faire, là.

– Je pensais que c'était juste un prétexte pour qu'Andréanne et Tristan Saint-Yves se voient en dehors de l'école.

– Le monde tourne pas autour d'Andréanne Brunet et de Tristan Saint-Yves.

– J'imagine que non. Mais tu sais que j'ai pas de quatre-roues, hein ?

– Il y a un siège passager sur le mien.

– Cool.

– Donc, tu veux venir ?

– OK.

– Je vais passer te prendre vers deux heures samedi après-midi, si ça te va.

– T'as le droit de circuler en quatre-roues dans les rues du village ?

– Non, pourquoi ?

– Pour rien. Je vais être prête à deux heures.

Journal de Rose-Marie

27 juin 1989
Adresse de ma nouvelle amie Sarah :
420, rang Saint-Joseph Nord, Charette
(Québec, Canada) G0X 1E0.
La nuit passée, je me suis réveillée alors
qu'il commençait à faire un peu clair, il
devait être quatre heures et quart, il fait
clair très tôt à ce temps-ci de l'année, et j'ai
entendu des clapotis dans le lac, et je savais
que c'était encore la fille aux cheveux noirs
qui se baignait. Je ne me suis pas levée
pour regarder par la fenêtre, mais je savais
que c'était elle. Et d'ailleurs je l'ai rencontrée
tout à l'heure, derrière la bécosse, pendant
que maman, Marianne, Denis et Patrick

discutaient de choses de grandes personnes dans le chalet de la grand-mère de Robot. Je soulevais des roches pour trouver des vers et des limaces pour Molie et, à un moment donné, ça a fait comme hier, comme quand j'étais aux pylônes et que je savais que quelqu'un était là avec moi. J'ai levé les yeux et j'ai vu la fille aux cheveux noirs (elle s'appelle Sarah) qui me regardait faire, et quand nos regards se sont croisés elle a eu l'air un peu surprise. On s'est regardées longtemps dans les yeux, j'étais un peu mal à l'aise et je ne savais pas quoi dire, alors pour être polie j'ai fini par dire: Bonne Saint-Jean en retard. Et la fille m'a souri et elle s'est approchée un peu. Elle était belle, je la trouvais belle, malgré ses blessures que j'ai fait semblant de ne pas voir, encore par politesse. Elle n'avait pas l'air d'avoir mal. Elle portait un t-shirt jaune avec «Property of UCLA» écrit sur le devant, et elle avait des fleurs blanches dans ses cheveux. J'ai dit: C'est beau le linge que tu portes et les fleurs dans tes cheveux. Elle a dit merci et elle m'a demandé comment je m'appelais. J'ai répondu en espagnol pour me pratiquer. Moi aussi, je lui ai demandé comment elle s'appelait. Sarah. Je lui ai dit que je l'avais vue se baigner l'autre nuit, et je lui ai demandé si elle était une amie de Robot. Elle a eu l'air de trouver ma question très drôle, mais elle a fini par dire que oui, elle était une bonne amie de Robot, sa meilleure amie, même, mais que ça faisait longtemps qu'elle ne l'avait pas vu. J'ai dit : Il est supposé venir après-demain, si tu veux le voir. Elle a répondu : Tu lui diras que s'il veut me voir, je suis toujours enterrée à la même place, sous l'appentis de la cabane à sucre. J'ai dit OK, même si je ne savais pas c'était quoi un appentis (maintenant je le sais, j'ai regardé dans le dictionnaire) et que je ne comprenais pas ce qu'elle voulait dire avec son histoire d'être enterrée. Je ne comprends jamais les blagues des adultes.

J'ai jasé longtemps avec Sarah, je lui ai expliqué qu'avant ça j'habitais sur la rue Lahaie, à Laval, que j'étais seulement de passage ici, que je partais vivre au Pérou à la fin de l'été et j'ai dit que si elle me donnait son adresse je lui écrirais quand je serais rendue là-bas, et elle et moi on pourrait devenir correspondantes. Elle était d'accord, sauf que le courrier ne se rend pas là où elle habite présentement, alors elle m'a donné son ancienne adresse, où ses parents habitent toujours, en disant que je pouvais lui écrire là. Je n'avais rien pour noter, alors j'ai répété l'adresse des centaines de fois dans ma tête pour m'en souvenir. Je l'ai écrite en haut de la page.

J'ai demandé à Sarah: Est-ce que tu sais, toi, pourquoi tout le monde appelle Robot Robot? Elle a répondu que c'était parce que Robot était un robot pour vrai, qu'il ressemblait à une personne, qu'il bougeait comme une personne, mais qu'il n'avait pas de sentiments. J'ai fait oui de la tête, et j'ai ri un petit peu au cas où ça aurait encore été une blague d'adulte, mais je sais en tout cas que ça n'est pas la bonne réponse parce que la bonne réponse a un lien avec le vrai nom de

Robot, comme il me l'a montré sur son permis de conduire.

Et là, j'ai entendu maman qui m'appelait, alors j'ai dit à Sarah que je devais y aller. Je n'ai pas parlé de Sarah à maman, même si ça me tentait, parce que je sais qu'elle aurait été fâchée. En principe, si je rencontre quelqu'un par hasard dans la forêt, je dois me cacher ou me sauver en courant, mais je sais que Sarah ne nous dénoncera pas, elle est fine, et de toute façon elle n'avait même pas l'air de me reconnaître même si j'ai passé aux nouvelles.

Tout le monde semblait nerveux et de mauvaise humeur. Au lieu de manger tous ensemble, on a mangé chacun chez soi, et Marianne est venue s'installer dans le chalet à côté du nôtre, même s'il y a un gros trou dans le toit, comme si elle était en chicane avec Denis. Quand j'ai demandé si Marianne était en chicane avec Denis, maman m'a répondu : Non, non, ma chouette, Marianne a juste besoin d'être toute seule pendant un bout. Patrick faisait des farces pour me faire rire, il faisait sa face de bouche croche quand je buvais du jus pour me faire recracher mon jus, mais ça paraissait qu'il était triste. Je pense que lui aussi s'est chicané avec Denis, et Denis c'est son meilleur ami. Que tout le monde soit triste, ça m'a rendue triste aussi, mais au moins j'ai mangé mon mets favori, du ragoût de boulettes Cordon Bleu en canne et j'avais deux tranches de pain beurré pour tremper dans la sauce et j'ai bu du punch aux fruits, et au dessert j'ai mangé un Passion Flakie au caramel. C'était bon.

Après souper, j'ai mis Molie dans sa petite cage et je suis sortie avec pour qu'elle prenne l'air, mais c'était l'heure des maringouins, on se faisait trop achaler, alors on est rentrées et j'ai appris des mots nouveaux à Molie. Après, je ne savais pas quoi faire, alors maman m'a dit que je pourrais inventer une histoire et ensuite la lire à elle et Patrick. Maman dit que je suis bonne dans les histoires. J'ai écrit une histoire d'horreur parce que j'aime ça, et je la copie avec mon stylo

noir pour que ça soit d'une autre couleur
que le reste et montrer que ça ne fait pas
partie de mon journal intime.

LE PICHET DE LIMONADE TRISTE

Il était une fois un pichet de limonade magique qui avait le pouvoir d'apparaître où
il voulait. Il savait tout ce qui se passait
sur la planète, et si une personne avait soif
il apparaissait près d'elle pour lui offrir à
boire. Par exemple, si quelqu'un avait très
soif en Arabie ou dans le désert en Égypte
ou en Argentine, ou même à Laval, le pichet
apparaissait et disait: Veux-tu un bon verre
de limonade? (Un autre pouvoir magique
du pichet était que même s'il donnait de la
limonade, il restait toujours plein et sa limonade restait toujours froide.) Mais tout le
monde avait peur et se sauvait en courant
en voyant un pichet apparaître tout près.
Alors le pichet est devenu très triste que les
gens aient peur de lui, parce qu'il voulait
simplement se rendre utile en donnant de la
bonne limonade fraîche à ceux qui avaient

soif. À force d'être triste, le pichet est devenu fâché, et à force d'être fâché il est devenu violent, et un jour il s'est laissé tomber sur le plancher et a éclaté en plein de morceaux de verre coupants. Mais il est resté magique quand même, et depuis ce temps-là il apparaît près de certaines personnes au hasard dans la nuit et les attaque avec ses éclats de verre. Il leur crève les yeux et leur tranche la gorge et il dit en riant: Vous n'aviez qu'à ne pas avoir peur de moi quand je voulais juste vous offrir de la limonade.

FIN

Patrick a beaucoup aimé mon histoire, il a dit que ça ferait un bon film, mais maman l'a trouvée trop violente. Elle a dit qu'au lieu de se fâcher et de devenir méchant, le pichet aurait pu offrir à boire à des animaux assoiffés. Les animaux, eux, n'auraient pas peur en voyant un pichet apparaître près d'eux. Peut-être, mais alors ça ne serait pas une histoire d'horreur, et moi je voulais écrire une histoire d'horreur. Maman a répondu qu'une histoire d'horreur n'avait pas besoin d'être violente, que ça pourrait être une histoire de fantôme, que le pichet après s'être cassé pourrait revenir hanter ceux qui n'avaient pas voulu de sa limonade. Je trouve que c'est une bonne idée, peut-être que je vais changer ma fin.

Je vais rester réveillée un peu pour voir si Sarah va venir se baigner dans le lac cette nuit. J'ai pensé que quand elle nageait, l'eau devait entrer dans ses blessures et que ça devait lui faire mal, surtout la blessure à son cou qui est très grande.

Anna

En se réveillant ce samedi matin, Anna sentit l'odeur, reconnaissable entre toutes, des crêpes. Puis elle entendit la voix d'Hervé. Elle se souvint que sa mère et son amoureux avaient planifié une balade en voiture sur le chemin du Roy, en direction de Québec. Ils s'arrêteraient chez les antiquaires, admireraient les maisons ancestrales le long du fleuve et souperaient dans le Vieux-Québec. L'idée que les adultes se font d'un samedi agréable.

Elle savait que les crêpes étaient pour elle, aussi décida-t-elle de descendre avant que sa mère ne vienne la chercher. Elle crevait de faim et, surtout, elle avait quelques questions à poser à Hervé. Quand Élie l'avait invitée à se joindre à lui et ses amis, Anna avait éprouvé un petit frisson d'excitation à l'idée de visiter un lieu supposément hanté. Toutefois, une fois seule dans son lit, ce soir-là, elle avait repensé à l'homme dans le fauteuil qui était venu la visiter chaque soir pendant une semaine, à son retour de Londres, et elle s'était trouvée idiote d'avoir accepté l'invitation pour le lac Adélard. Il ne fallait pas prendre ces choses-là à la légère. Et si le lac Adélard était réellement un endroit hanté? Si elle se réveillait dans la nuit, après y être allée, et qu'elle sentait encore une présence dans sa chambre? Il paraît que les entités surnaturelles s'attachent plus volontiers à certaines personnes. Peut-être était-elle l'une de ces personnes? Et il se pouvait que certaines entités ne se laissent pas évincer aussi facilement que l'homme dans le fauteuil.

Elle avait interrogé Élie sur l'histoire du lac Adélard. D'où venait sa réputation de lieu hanté? Le garçon avait admis qu'il n'en savait rien, que la réputation du lac Adélard était établie bien avant sa naissance, et que pour sa part le seul témoignage qu'il avait recueilli était celui de Tomy Livernoche, qui jurait avoir aperçu une petite fille en imperméable sur la voie ferrée. Et pourquoi ce

Tomy s'était-il mis en tête que la petite fille était un fantôme ?

Car, enfin, il était tout à fait possible qu'une fillette de chair et de sang ait décidé d'aller se promener dans le coin ce jour-là. Élie n'en savait rien, il n'accordait manifestement pas une grande importance aux dires de Tomy Livernoche.

Anna avait ensuite demandé à Andréanne ce qu'elle savait au sujet du lac Adélard, mais cette dernière lui avait répondu à peu près la même chose qu'Élie : d'aussi loin qu'elle se souvenait, on parlait de cet endroit comme d'un lieu hanté. Andréanne n'avait jamais entendu cette histoire de petite fille, mais un ami de son frère, un gars du nom de Mikaël Deschênes, qui avait l'habitude d'aller jouer dans la cabane à sucre abandonnée près de là, disait avoir vu, un soir d'hiver, une fille d'environ vingt ans, aux longs cheveux noirs, marcher près de la sucrerie. Il lui avait fait un signe de la main, auquel la fille n'avait pas répondu. Elle avait tourné le coin de la sucrerie et Mikaël ne l'avait plus revue. Et lorsqu'il s'était approché du bâtiment, il avait constaté qu'il n'y avait aucune trace de pas dans la neige à l'endroit où la fille avait marché. Cela, ajouté au fait qu'elle ne portait qu'un simple t-shirt par une température de -10 °C, avait suffi à convaincre Mikaël qu'il venait de voir une revenante. Il racontait également que la fille lui avait semblé couverte de sang et qu'elle avait un bras quasiment arraché, mais tout le monde se doutait bien qu'il ajoutait ces détails pour donner de la couleur à son histoire.

Anna avait également interrogé Odile, mais cette dernière venait de Saint-Barnabé et, apparemment, la réputation du lac Adélard n'allait pas au-delà des frontières de Charette. Les seules manifestations surnaturelles dans les environs dont Odile avait entendu parler étaient les traverses de lutins et l'arbre à paparmanes de Saint-Élie. Décidément, pour en savoir plus long, Anna devrait poser ses questions à un Charettois de souche, préférablement quelqu'un né avant 2006. Ainsi donc, ce matin-là, après qu'Hervé eut déposé devant elle une assiette remplie de crêpes, de sirop d'érable, de bleuets et de crème fouettée, elle prit une bouchée, marqua sa satisfaction, puis elle posa la question qui lui brûlait les lèvres :

— Es-tu déjà allé au lac Adélard, Hervé ?

Il la regarda d'un drôle d'air, et elle se demanda si elle avait de la crème fouettée sur le bord de la bouche, ou quelque chose comme ça, avant de réaliser : «C'est vrai, c'est sans doute la première fois que je l'aborde spontanément...» Le directeur réfléchit un moment.

— Le lac Adélard? C'est où, ça?

— C'est ici, à Charette. C'est quelque part dans le bois entre le rang Petit-Bellechasse Nord et le rang Saint-Joseph, sur le bord du chemin de fer.

Hervé fit une mimique incrédule, puis il sortit son téléphone de sa poche, lança l'application Google Maps et mit la carte en mode satellite.

— Oui, il y a bien un point d'eau à l'endroit dont tu parles, mais il est beaucoup trop petit pour avoir un nom. C'est à peine une mare, regarde.

— Il paraît qu'il y a des chalets autour...

— Possible. Je sais que dans les années 1970 et 1980, il y a eu beaucoup de communes qui se sont bâties dans les environs. Les gens leur donnaient des noms, mais ça n'était pas officiel. La plupart du temps, ils venaient s'y installer le temps d'un été. L'électricité ne se rend pas là-bas, l'eau courante non plus, c'est impossible d'y vivre à l'année. Si tu te promènes dans la forêt, à Charette ou à Saint-Paulin, tu vas trouver beaucoup de petits chalets abandonnés.

— Mais t'as jamais entendu parler du lac Adélard?

— Le nom ne me dit rien. Si j'en ai entendu parler un jour, je l'ai oublié. Mais pourquoi tu t'intéresses à ce lac Adélard?

Anna n'allait pas faire la gaffe de répondre, alors que sa mère était à portée de voix, qu'elle comptait s'y rendre en quatre-roues avec Élie. Marie-Hélène ferait une syncope si elle apprenait que sa fille avait l'intention de monter sur un quatre-roues. (Sans compter qu'Hervé marquerait sa désapprobation, d'une façon ou d'une autre, s'il découvrait qu'elle frayait avec Élie Bournival en dehors de l'école.)

— J'en ai entendu parler à l'école, par Andréanne, il paraît que la place est hantée…

— Ah! Maintenant, je pense que je sais de quoi tu parles…

— T'as entendu des histoires, toi aussi?

— Si on veut. Ce que j'ai entendu, surtout, c'est qu'il y a des gens dans ce coin-là qui font pousser du… euh… des herbes illégales…

– Ah.

– Et ces gars-là n'aiment pas trop que les gens se promènent dans les environs, alors ils font courir des bruits.

– Andréanne dit qu'un ami de son frère a vu une fille ensanglantée proche de là.

– C'est pas surprenant. Du moment qu'un endroit a la réputation d'être hanté, les gens vont se mettre à y voir des fantômes. C'est comme les ovnis au mont Saint-Hilaire.

Hervé marqua une pause, hésitant quant à la manière de formuler ce qu'il avait à dire, puis il poursuivit :

– Écoute, Anna, je sais qu'en tant que... euh...

– Chum de maman?

– Oui, en tant que... euh... compagnon de ta mère, je n'ai aucune autorité sur toi...

– Mais?

– Mais il vaudrait mieux que toi et tes amis n'alliez pas jouer autour de ce lac Adélard. Je suis certain à cent pour cent qu'il n'y a aucun fantôme là-bas, mais les êtres vivants sont plus dangereux que les revenants.

– Tu penses que les gens qui font pousser du cannabis là-bas pourraient nous faire du mal ?

– J'en ai aucune idée, mais il vaut mieux être prudent, non ?

La mère d'Anna, qui était montée s'habiller à l'étage pendant cette conversation, en avait néanmoins attrapé quelques bribes. De retour dans la cuisine, elle dit à sa fille :

– Je sais pas c'est quoi, la place dont vous parliez, mais moi non plus, je veux pas que t'ailles jouer là.

– Non, non, j'ai pas l'intention d'y aller. J'étais juste curieuse.

Anna prononça ces mots avec conviction et naturel. Elle avait toujours été bonne menteuse. Elle se demandait parfois si cela était le fait d'un talent inné, ou si c'était simplement son image de petite fille sage qui endormait la vigilance des adultes. Elle repensa à la remarque d'Hervé, comme quoi les êtres en chair et en os sont plus dangereux que les revenants. Peut-être était-ce la vérité, seulement Anna avait peur des revenants et pas du tout des producteurs de cannabis.

Élie

Il était une heure trente quand Élie se gara devant chez Anna.

— T'es en avance! lui lança la jeune fille en prenant place derrière lui.

Cela ne sonnait pas comme un reproche, aussi ne tenta-t-il pas de se justifier.

— Oui, se contenta-t-il de répliquer.

Si elle lui demandait pourquoi, oserait-il dire la vérité? «Je voulais passer du temps seul avec toi avant d'aller rejoindre les autres.» Non, il répondrait plutôt qu'il avait mal évalué le temps que cela prenait pour venir au village en quatre-roues. De toute façon, Anna ne lui posa pas de questions. Ils avaient rendez-vous avec le reste de la bande à 14 h 15 dans le stationnement du marché Ami.

Élie proposa, d'ici là, d'aller explorer le réseau de sentiers derrière la sablière.

Il roula lentement au début, évitant de déraper dans les virages pour ne pas effaroucher sa passagère puis, voyant que cette dernière n'avait pas peur du tout, il prit de la vitesse. Le vent et le bruit du moteur empêchaient toute conversation, aussi les deux adolescents ne communiquaient que par gestes et par onomatopées. Élie aurait voulu que ce moment dure le plus longtemps possible, il aurait voulu continuer à rouler au-delà de la sablière, jusqu'à Saint-Étienne-des-Grès, jusqu'à Notre-Dame-du-Mont-Carmel, jusqu'à Saint-Narcisse. Il faillit le proposer. «Allons à Saint-Narcisse, ou n'importe où, les autres iront au lac Adélard sans nous.» À la place, il fit demi-tour et mit le cap sur le lieu de rendez-vous.

Tout le monde était déjà là. Ils étaient agglutinés autour du nouveau VTT de Tristan Saint-Yves, un Polaris Scrambler XP 1000 qui, Élie le savait, coûtait quelque chose comme 17 000 $ avant les taxes. Il ressentit une petite piqûre de jalousie à la vue du superbe engin et, en même temps, un peu de honte à l'idée que lui-même chevauchait un vulgaire

Tao Tao assemblé avec de vieilles pièces. Surtout, il craignait qu'Anna éprouve elle-même de la honte à l'idée d'être vue sur un quatre-roues chinois. Mais un bref coup d'œil en direction de cette dernière le rassura : elle ne semblait pas faire la différence, elle papotait avec Andréanne sans même accorder un regard au Scrambler. Voyant cela, Élie se sentit magnanime et y alla de quelques commentaires admiratifs sur la machine, ce qui combla Tristan d'aise. Puis chacun remonta sur son véhicule et le groupe s'apprêta à se diriger vers le lac Adélard. Avant de faire démarrer le véhicule, Élie demanda à Anna si elle voulait prendre le guidon.

– J'ai jamais conduit un quatre-roues…

– C'est pas difficile, tu vas voir, c'est comme conduire n'importe quoi.

– Euh… c'est parce que j'ai jamais rien conduit.

– Jamais ?

– J'ai treize ans, t'sais.

– Mais t'as sûrement déjà conduit dans des jeux vidéo ?

– Oui, je pilote un vaisseau dans *Elite : Dangerous*, et je suis assez bonne à *Mario Kart*, mais…

— C'est parfait. Il y a moins de boutons sur un quatre-roues que sur une manette *Switch*.

— Peut-être, mais quand on prend le champ à *Mario Kart*, on réapparaît sur la piste au bout de trois secondes.

— Ouais… dans la vraie vie, il vaut mieux éviter de prendre le champ mais, sinon, tu vas voir, n'importe quel imbécile peut conduire un quatre-roues.

— Est-ce que je devrais me sentir insultée, là ?

Repensant à ce qu'il venait de dire, Élie eut effectivement peur d'avoir insulté la jeune fille mais, lorsque leurs regards se croisèrent, elle éclata de rire. Elle prit place sur le siège du conducteur, et Élie lui expliqua ce qu'il y avait à savoir sur l'art de manœuvrer un VTT. Après quelques minutes à s'exercer dans le stationnement, la jeune fille avait déjà trouvé ses repères, et ils purent se mettre en route.

Anna

Anna était un peu crispée au début, s'efforçant de rouler dans les traces du cousin d'Élie, qui les attendait tandis que les autres étaient déjà loin devant. Puis, petit à petit, elle se détendit et prit de la vitesse. Quand ils arrivèrent aux abords du rang Petit-Bellechasse Nord, elle roulait à quarante kilomètres-heure et avait l'impression d'avoir fait du quatre-roues toute sa vie. Les fortes pluies des derniers jours avaient laissé de grands trous d'eau dans le sentier, et elle prenait un plaisir puéril à les franchir en éclaboussant le plus possible. Elle savait qu'un peu plus loin se trouvait Saint-Paulin et, au-delà, Saint-Alexis-des-Monts. Et plus loin ? Saint-Didace ? Saint-Gabriel-de-Brandon ? Elle n'en était pas certaine, mais elle aurait eu envie de le découvrir, de filer dans les pistes de VTT jusqu'à ce qu'il fasse noir. Aussi fut-elle un peu déçue lorsqu'Élie lui indiqua de bifurquer dans un chemin près de la voie ferrée.

Les jeunes passèrent près d'une poignée de bâtiments désaffectés puis, quelques centaines de mètres plus loin, ils débouchèrent dans une clairière au milieu de laquelle se trouvait une mare d'eau noire. Autour de la mare, il y avait cinq chalets. L'un d'eux, plus grand et muni d'une véranda, semblait habitable à l'année, tandis que les quatre autres n'étaient que de simples cabanes. À l'orée de la forêt, là où la mare se jetait dans un petit ruisseau, l'on voyait une bécosse en ruine. Les lieux étaient manifestement à l'abandon depuis très longtemps.

Anna détesta immédiatement l'endroit. Elle n'avait pas peur, elle ne se sentait pas menacée, elle ne croyait pas que le lieu était réellement hanté, seulement elle fut envahie d'une tristesse soudaine dès le moment où elle arrêta le moteur du Tao Tao. Ses yeux se mirent à picoter et une boule se forma dans sa gorge. Elle n'avait qu'une envie : partir. Elle réprima ses larmes et jeta un œil en direction d'Élie et de Steve pour voir s'ils partageaient son malaise.

Steve semblait préoccupé, mais pour une tout autre raison. En tant que plus vieux de la bande, il était responsable des plus jeunes, et il se demandait où étaient passés les autres. Ils auraient dû être déjà là, ou enfin dans les environs, mais la forêt était silencieuse et l'on n'entendait aucun bruit de moteur. Steve soupira, fit redémarrer son VTT et rebroussa chemin en lançant un «Attendez-moi ici!» Anna songea: «C'est vrai, on n'entend aucun bruit, même pas les oiseaux.» Elle faillit demander à Élie si c'était normal, mais elle se retint, craignant que cela ne passe pour une question niaiseuse de fille de la ville. Elle savait tout de même, au fond d'elle, qu'un silence aussi absolu n'avait rien de normal. Élie dut remarquer son trouble, car il lui demanda:

– Ça va?

– Hmm... oui, c'est juste que je commençais à prendre goût au quatre-roues.

– On peut continuer si tu veux. On peut aller à Saint-Paulin et revenir par Saint-Barnabé. On aurait le temps avant qu'il fasse noir.

– Oui, mais il faut attendre que ton cousin revienne avant.

– Il va revenir bientôt. Les autres peuvent pas être loin. Viens, je vais te faire visiter en attendant.

– OK. Mais, euh… est-ce qu'on a le droit d'être ici ?

– Oui. Ça appartient à personne.

– Tout appartient à quelqu'un.

– C'est abandonné depuis des années. Le propriétaire est mort.

– Comment tu le sais ?

– Je pense qu'il s'appelait Gédéon. En tout cas, dans le grand chalet, il y a une bible dans une chambre, et dedans, c'est écrit : « Cette bible appartient à Gédéon C. »

– D'accord, mais qu'est-ce qui te dit que ce Gédéon est mort ?

– Tous les Gédéon sont morts…

– Oui, c'est logique.

Elle esquissa un pâle sourire et elle suivit Élie. Malgré son malaise, elle était curieuse de savoir ce qu'il y avait dans ces chalets. Les quatre petits ne présentaient pas un grand intérêt. Trois d'entre eux, sommairement meublés et sentant l'humidité, avaient jadis servi de lieu d'habitation temporaire. Le quatrième, rempli d'outils rouillés et de meubles abîmés, avait fait office de débarras. Le grand chalet, par contre, était un lieu fascinant. Il avait apparemment été habité par un couple de vieillards, comme en témoignaient les ornements sur les murs (crucifix, images pieuses, tablettes encombrées de bibelots) et l'ameublement ancien. Un immense poêle à bois en céramique occupait presque tout l'espace de la pièce principale. Dans un buffet sur le mur était exposée de la vaisselle décorative représentant des scènes pastorales. Sur la table de bois verni se trouvait un jeu de société constitué d'une planche ouvragée, de billes de couleur et de cartes à jouer, ainsi qu'une bonbonnière blanche sur pieds, ornée du dessin d'un oiseau jaune sur une branche.

— C'est bizarre que personne l'ait volée, dit Anna.

— Quoi ?

— La bonbonnière. C'est bizarre que personne soit jamais parti avec.

— Pourquoi quelqu'un voudrait partir avec ça ?

— Parce que c'est beau, non ?

— Ouais, peut-être, mais qu'est-ce que tu veux faire avec une bonbonnière ?

— Mettre des bonbons dedans...

Anna faisait le tour de la grande pièce servant à la fois de cuisine et de salon, ouvrant des tiroirs et des armoires, examinant avec soin chacun des objets qu'elle y trouvait. Elle avait toujours été curieuse, du genre à épier les conversations dans les lieux publics et à regarder dans les maisons éclairées en marchant dans la rue le soir. De pouvoir farfouiller à son aise dans cette habitation abandonnée lui procurait un sentiment d'excitation qui lui faisait presque oublier le malaise qu'elle avait éprouvé en arrivant près du lac Adélard.

À côté du poêle, dans une caissette, se trouvaient quelques morceaux de bois d'allumage ainsi que de vieux journaux destinés à faire un feu. Celui sur le dessus de la pile était un exemplaire de *La Presse* daté du 3 janvier 1973. Anna s'apprêtait à l'ouvrir pour voir ce qui s'était passé de bon dans le monde le 3 janvier 1973 (plus de trente ans avant sa naissance !) quand elle entendit le bruit d'un moteur dehors. Steve qui revenait. Anna et Élie sortirent à sa rencontre.

Steve semblait passablement ennuyé. Il expliqua la situation en peu de mots. Tristan avait eu l'idée de tester la puissance de son nouveau VTT dans la partie asphaltée du rang Petit-Bellechasse Nord, il avait fait de l'aquaplanage sur une flaque et s'était renversé dans le fossé. Il était sain et sauf, mais son Scrambler (qui n'était pas vraiment son Scrambler, mais celui de son père) avait subi de sérieux dommages. M. Saint-Yves avait été alerté et se trouvait en ce moment sur les lieux de l'incident, attendant la remorqueuse et s'arrachant les cheveux. Les autres avaient jugé bon de déguerpir. Bref, cela mettait fin aux réjouissances. Steve allait dire quelque chose comme «Bon, ben, on s'en retourne-tu?» mais, après un bref échange de regards avec les deux jeunes, il comprit que ces derniers avaient envie de passer encore quelque temps ensemble. Sans chaperon, de préférence. Aussi, après s'être assuré que le réservoir du Tao Tao d'Élie contenait suffisamment d'essence pour le retour, Steve rebroussa chemin.

— Il faut vraiment que tu apprennes à cacher ta joie mieux que ça quand tu te réjouis du malheur d'autrui, dit Anna.

— Hum?

— Ça paraissait un peu trop que t'étais content que Tristan ait pris le champ.

– C'était si évident?

– Pas de commentaire. On a encore le temps d'aller à Saint-Paulin avant qu'il fasse noir?

– Oui. C'est pas loin.

– J'ai le droit de conduire encore?

– C'est sûr.

– OK... mais attends, il faut que j'aille chercher quelque chose avant.

– Quoi?

– La bonbonnière.

– Tu veux voler la bonbonnière de Gédéon?

– Pourquoi pas? Il est censé être mort, non?

Anna retourna dans le chalet, enveloppa soigneusement la bonbonnière dans un linge à vaisselle et la plaça dans le compartiment de rangement à l'arrière du Tao Tao. Elle ne savait pas pourquoi elle faisait cela, elle avait simplement envie de posséder un bel objet. Quand elle se fut assurée que sa nouvelle acquisition était bien assujettie, elle enfourcha le quatre-roues, et les deux adolescents partirent explorer les environs.

Journal de Rose-Marie

28 juin 1989

La Lambada joue souvent à la radio et moi je trouve ça beau, c'est de la belle musique et si j'avais une cassette je l'enregistrerais pour pouvoir l'écouter plus souvent. Les gens qui chantent La Lambada viennent d'Amérique du Sud, mais Patrick m'a expliqué que les paroles n'étaient pas en espagnol, qu'elles étaient en portugais, parce que ce sont des Brésiliens qui chantent La Lambada, et que le Brésil est le seul pays de l'Amérique du Sud où on ne parle pas l'espagnol. En tout cas, c'est vraiment une bonne chanson et j'aurais aimé ça l'inventer à la place de ceux qui l'ont inventée pour vrai.

Sarah n'est pas venue se baigner hier, finalement, ou peut-être qu'elle est venue la nuit, pendant que je dormais. Je suis allée me promener avec Molie près de l'endroit où je l'ai rencontrée, mais je ne l'ai pas vue. Alors j'ai décidé de lui écrire une lettre pour commencer notre correspondance, même si je ne suis pas encore au Pérou. Je la copie ici, et je vais copier toutes mes lettres pour ne pas répéter deux fois les mêmes affaires ou poser deux fois la même question.

Chère Sarah,

Pour commencer, j'ai oublié de te demander ton nom de famille, alors si tu voulais me l'écrire par retour du courrier, cela serait apprécié. Moi, mon nom au complet est Rose-Marie Gagnon. J'ai été me promener dans le bois tout à l'heure pour voir si tu étais là, parce que je voulais te montrer ma perruche dont le nom est Molie. Elle est tellement belle! (C'est une ondulée bleu poudre avec la tête et les ailes blanches et ses taches auriculaires sont bleu foncé.) Je ne sais pas si tu aimes les perruches. As-tu des animaux chez toi ? Moi, j'aime beaucoup les animaux, mais on ne peut pas en garder à la maison, sauf des oiseaux ou des poissons ou des reptiles, à cause de mes allergies. (Mais je ne veux pas adopter des poissons ou des reptiles, parce qu'on ne sait jamais à quoi ça pense et c'est épeurant de ne pas savoir à quoi le monde pense.)

Relativement à notre rencontre d'hier (27 juin), je voulais te dire encore que je trouvais ça très beau, ton linge et comment tu arranges tes cheveux. J'avais dit que je t'écrirais quand je serais au Pérou, je n'y suis pas encore, mais j'ai pensé qu'on pouvait commencer à correspondre quand même. Quand je vais être là-bas, je vais t'envoyer des photos de notre maison et des montagnes et du Machu Picchu, qui est une citadelle inca. C'est vraiment beau. Sauf que je ne sais pas encore si on va habiter près du Machu Picchu, parce que c'est très grand, le Pérou. Ça a une superficie de 1 285 315 kilomètres carrés, ce qui le place au 19e rang mondial.

(Je ne sais pas ça par cœur, je l'ai cherché dans les noms propres du dictionnaire.) Il va falloir que j'apprenne une nouvelle langue (ce que j'ai déjà commencé à faire) et que je m'habitue à manger des choses différentes, parce qu'ils n'ont pas la même nourriture qu'au Canada. Toi, c'est quoi ton mets favori? Moi, pour le moment, c'est le ragoût de boulettes et le macaroni à la viande, mais j'aimerais mieux ne pas manger de viande du tout et devenir végétarienne pour qu'il y ait moins d'animaux qui meurent. Mais c'est difficile. J'aime aussi beaucoup le chocolat à la menthe, comme les Aero vertes et les Junior Mints.

As-tu des activités préférées que tu aimes faire dans tes loisirs? C'est quoi ton émission de télévision favorite? Écoutes-tu de la musique? C'est quoi ton métier? J'aimerais que tu me parles de toi et des choses que tu aimes, et que tu me fasses des confidences. De mon côté, il y a beaucoup de choses que je ne peux pas te dire pour le moment parce que c'est secret. Moi je te fais confiance pour garder les secrets, mais j'ai promis à maman de ne parler de nos affaires à personne. J'aimerais beaucoup qu'on se revoie avant mon départ. Comme je te l'ai dit, Robot va venir demain (le 29), alors si tu viens vers le début de l'après-midi, tu vas le rencontrer. Par contre, devant ma mère et Patrick et Marianne et Denis, il faudrait faire semblant que toi et moi on se voit pour la première fois. Je n'ai pas parlé de toi à maman, vu que je ne suis pas censée parler aux inconnus. Sinon, si tu ne peux pas venir, je vais dire bonjour à Robot de ta part et transmettre ton message. (Je ne savais pas c'était quoi un appentis, mais j'ai fait des recherches et je sais maintenant que c'est un toit en auvent à une seule pente, adossé à un mur et soutenu par des poteaux ou des piliers, et j'ai été voir à la cabane à sucre et j'ai vu l'appentis.)

Voilà, c'est tout pour le moment. J'espère que tu vas me répondre.

Ton amie,

Rose-Marie Gagnon

Après avoir terminé ma lettre, j'ai réalisé que je ne pouvais pas la poster, premièrement parce que je n'ai pas de timbre, deuxièmement parce qu'il n'y a pas de boîte aux lettres ici, troisièmement parce que le domaine du lac Adélard n'a pas d'adresse. Il n'y a pas de numéros sur les portes des chalets. Mais je vais réfléchir pour trouver une solution.

Marianne et Denis sont réellement en chicane. Tout à l'heure, Marianne lisait un livre dehors dans la chaise longue en bois et Denis est sorti de son chalet et il est passé devant Marianne en l'ignorant, sans dire salut ni rien. Plus tard, Patrick est allé dans le chalet de Denis et les deux parlaient fort, et quand Patrick est sorti il marchait vite comme quand on est fâché. Tout le monde a l'air d'être en chicane avec Denis. Je voudrais aller le voir pour lui dire que moi je ne suis pas en chicane avec lui et que s'il veut faire des activités pour se changer les idées, je peux en faire avec lui, comme jouer aux cartes, prendre une marche, etc. Mais je n'ose pas, et surtout j'ai peur que Marianne ne m'aime plus si je suis amie avec Denis. J'aime mieux quand tout le monde s'entend bien, et je trouve que ça ne valait pas la peine de voler tout cet argent dans le camion et de devenir riches si c'était pour faire de la chicane.

Élie

Élie passa la matinée de dimanche à traîner dans sa chambre et autour de la maison, essayant de se distraire du mieux qu'il le pouvait, mais n'ayant le cœur à rien. Il avait toujours trouvé les dimanches déprimants. Cela était dû, évidemment, à la promesse sinistre que ce jour contenait : le retour à l'école le lendemain. (Enfin, ça n'expliquait pas tout, car même les dimanches suivis d'un lundi férié sont déprimants.) Élie estimait cependant que ce dimanche-ci battait tous les records. Il aurait voulu trouver un prétexte pour revoir Anna, mais tous les prétextes qu'il échafaudait ressemblaient justement à ça : des prétextes. Vers onze heures, il reçut un texto de son ami Julien qui l'invitait à aller jouer au deck hockey au parc Francis-Bellerive.

Élie n'était pas certain d'avoir envie de jouer au hockey ou de faire quoi que ce soit, à part continuer à rêvasser sur son lit, mais il répondit : « Oui, pourquoi pas ? » Et puis, Julien aurait sans doute des nouvelles fraîches au sujet de la mésaventure survenue à Tristan Saint-Yves la veille. Élie rassembla son équipement et alla demander à son père s'il pouvait le conduire au village.

Il était au parc depuis à peine un quart d'heure quand une de ces glaciales pluies automnales se mit à tomber, aussi Élie et ses amis se contentèrent de boire un chocolat chaud dans la cabane de l'OTJ. Julien avait effectivement des nouvelles à rapporter au sujet de Tristan. Les dommages sur le Scrambler s'élevaient à près de 2 000 $, et Tristan devrait travailler pour son père pendant des mois afin de rembourser une partie de la facture. D'ici là, il était privé de Xbox et de téléphone. Élie constata alors qu'il n'était pas le seul à avoir du mal à cacher sa joie au récit du malheur d'autrui. Tous les jeunes réunis dans la cabane à ce moment-là affichaient une mine réjouie au récit des déboires de Tristan Saint-Yves.

Élie sortit prendre l'air. Il découvrit que la pluie qui s'abattait plus tôt s'était changée en neige.

La première de l'année. De gros flocons cotonneux tombaient au ralenti, et le parc Francis-Bellerive était recouvert d'une mince couche blanche. Il sentit son téléphone vibrer dans sa poche. Il le sortit machinalement afin d'effacer la notification. Son visage s'éclaira d'un large sourire quand il remarqua qu'il avait reçu un texto d'Anna.

Anna

Elle dormit très mal cette nuit-là. Elle se réveillait toutes les heures après l'un de ces rêves réalistes, à la frontière du cauchemar, dans lesquels on croit se réveiller pour réaliser, au bout de quelques secondes, que la «réalité» n'a aucun sens. L'on se réveille alors à nouveau en espérant l'être pour de bon, cette fois. Dans l'un de ces rêves, Anna était dans son lit et, jetant un œil en direction de la cage d'Enid, elle constatait qu'elle avait oublié de recouvrir celle-ci pour la nuit. Comme elle tergiversait à savoir si cela valait la peine de se lever pour réparer son oubli, elle crut voir une deuxième perruche dans la cage. La visiteuse était sensiblement plus menue qu'Enid et, contrairement à cette dernière, elle parlait. Elle tenait des propos décousus, alternant entre le

français et l'espagnol. «C'est beau... C'est beau...
Mi perico es azul... Pimiento... Zanahoria... J'aime
le millet... Estoy perdida... C'est beau...» Dans
les brumes du sommeil, Anna trouva presque normal que son oiseau reçoive des amis parlant des
langues étrangères pendant la nuit. Du moins,
elle ne jugea pas la chose suffisamment alarmante
pour qu'elle quitte la chaleur de ses draps. Elle se
rendormit.

Lorsqu'elle ouvrit les yeux pour de bon, tard ce
dimanche matin, Anna vit qu'elle avait effectivement
oublié de recouvrir la cage d'Enid la veille. Heureusement, la similitude avec son rêve s'arrêtait là : sa
perruche était seule. Les voix de sa mère et d'Hervé
lui parvenaient du rez-de-chaussée. La présence de
ce dernier l'irrita plus que de raison. Cela n'avait rien
à voir avec lui, seulement Anna n'aimait pas qu'il y
ait des étrangers dans la maison le matin. Elle voulait pouvoir s'asseoir à table en petite culotte et en
camisole, et manger ses céréales sans parler à qui
que ce soit, le nez rivé sur son téléphone. Enfin,
Marie-Hélène et Hervé avaient sans doute des projets pour la journée, et si Anna attendait un peu, ils
seraient peut-être partis lorsqu'elle descendrait.

Elle jongla un bref instant avec l'idée de s'avancer dans ses travaux scolaires, elle alla même jusqu'à ouvrir son sac, mais cela ne servait à rien : le prochain devoir à remettre était pour mercredi matin, aussi bien dire dans une éternité. Anna savait qu'elle ne trouverait pas le courage de s'y mettre avant mardi soir. À la place, elle inséra *Elite : Dangerous* dans son PlayStation 4 et, aux commandes de son fidèle Diamondback Scout, elle partit explorer la galaxie. Comme cela arrivait souvent lorsqu'elle jouait, les heures passèrent comme des minutes, et l'après-midi était entamée lorsque les gargouillements dans son estomac la forcèrent à fermer sa console et à descendre.

Après avoir mangé et s'être douchée et habillée, Anna se demanda de quelle manière elle occuperait le reste de la journée. Pendant qu'elle était sous la douche, elle avait reçu un message d'Odile, qui l'invitait à aller avec elle au centre commercial Les Rivières. Prendre un bain de foule était la dernière chose dont Anna avait envie. Elle répondit à son amie qu'elle passerait son tour, elle se versa un grand verre de lait et alla s'installer sur son lit pour lire. Comme elle allait prendre son exemplaire de *Folk* sur sa table de chevet, un objet qu'elle ne reconnut pas immédiatement accrocha son regard sous son lit : la bonbonnière qu'elle avait « empruntée » la veille dans le chalet. Elle se demanda quelle mouche l'avait piquée pour la décider à l'emporter. Ce n'était pas son genre de prendre les choses qui ne lui appartenaient pas et, de toute façon, elle n'avait jamais été portée sur les bibelots. Tout de même, elle admettait qu'il s'agissait d'un très bel objet. Elle passa de longues minutes à examiner le dessin représentant un petit oiseau jaune perché sur une branche de pin. Puis, mue par un vague pressentiment, elle souleva le couvercle et regarda à l'intérieur. Là, il y avait une feuille de papier pliée en quatre, provenant d'un cahier à spirale. Anna déplia la feuille et elle lut les mots suivants, tracés d'une écriture enfantine à l'encre mauve : « Reviens j'ai quelque chose pour toi ». Le papier était jauni et craquant ; par contre le mauve éclatant du message donnait l'impression qu'il avait été écrit récemment.

À qui ces mots s'adressaient-ils, et pourquoi l'enfant qui les avait écrits avait-il caché son message dans cette bonbonnière ?

Anna retourna ces questions dans sa tête pendant quelques instants avant de décider sagement qu'il s'agissait là d'une énigme insoluble. Elle s'installa dans son lit et se plongea dans sa bande dessinée. Mais elle n'arrivait pas à se concentrer, le message dans la bonbonnière revenait sans cesse à l'avant-plan de sa conscience. Sans trop réfléchir à ce qu'elle faisait, elle attrapa son téléphone et texta Élie.

Peux-tu venir chez moi? Genre, là.
Viens en quatre-roues, on va en avoir besoin.

Il lui répondit aussitôt. Il était au parc avec des amis. Le temps d'attendre que son père vienne le chercher et de prendre son quatre-roues, il pourrait être chez elle dans une demi-heure.

Un peu plus de trente minutes plus tard, Anna entendait le moteur du Tao Tao au loin. Elle enfila son manteau et ses bottes et sortit. Il neigeait, et Anna fut absurdement indignée qu'il neige un 20 octobre. Élie semblait avoir décodé son expression faciale, car il déclara, en guise d'entrée en matière :

— Elle va s'en aller.

— Qui va s'en aller ?

— La neige. Elle va être partie demain.

— Oui, j'imagine.

— Tu voulais aller où ?

— Au lac Adélard.

— OK. Mais pour…

— J'aimerais mieux que tu poses pas de questions.

— C'est comme tu veux.

Le sentiment de tristesse qu'elle avait éprouvé à sa première visite l'envahit à nouveau lorsqu'ils arrivèrent aux abords du petit lac. L'endroit était lugubre en cette journée grisâtre, et l'eau sombre du lac Adélard paraissait noire par contraste avec la neige. « Si je jetais une pierre dans ce lac, elle coulerait encore le jour de ma mort », songea Anna. Cela était absurde, elle en était consciente, mais cette mare sinistre ne lui disait rien de bon, et toutes les fibres de son corps lui commandaient de s'en tenir le plus loin possible. Elle descendit tout de même du quatre-roues et, Élie à sa suite, elle entreprit d'explorer les environs.

Elle fureta longuement autour des petits chalets, sondant les portes, jetant un œil par les fenêtres, puis elle inspecta les quelques objets qui jonchaient la propriété : une vieille balançoire face à face rouillée, un empilement de blocs de béton, un gros poêle mangé par la rouille, une table de pique-nique vermoulue, etc. Sur le mur de la cabane à débarras, située à l'orée de la forêt, elle remarqua des graffitis presque entièrement effacés. « Molie was here », « Rose-Marie was here ». Qui étaient cette Molie et cette Rose-Marie ? Les filles de Gédéon ? Ses petites-filles ? Ou alors simplement des enfants du village ?

Elle retourna dans le grand chalet, là où elle avait trouvé la bonbonnière, et elle se mit à ouvrir des tiroirs et des armoires au petit bonheur, sans trop savoir ce qu'elle cherchait. Elle passa une bonne heure à inventorier le contenu des commodes, vaisseliers, placards et cagibis de l'endroit. Élie, qui jusque-là s'était contenté de suivre son amie en silence, s'éclaircit la gorge et dit :

— Je sais que tu m'avais demandé de pas poser de questions, mais...

— Hmm ?

— Si tu me dis ce que tu cherches, je pourrais t'aider.

— Rien, je cherche rien. C'était une mauvaise idée de revenir ici, je sais pas ce qui m'a pris.

Élie n'insista pas. Ils sortirent du chalet et regagnèrent le Tao Tao. Là, ils virent quelque chose qui les fit stopper net : des traces de pas, manifestement laissées par un enfant, partaient du véhicule et s'enfonçaient dans la forêt. Anna et Élie demeurèrent un long moment sans parler. Ce fut ce dernier qui brisa le silence :

— On dirait que quelqu'un est venu jouer avec mon quatre-roues...

— Non.

— Quoi, non ?

– Personne est venu au quatre-roues. Tu le vois comme moi, les traces de pas partent du quatre-roues.

– Mais comment une personne peut partir d'un endroit sans y être d'abord arrivée ?

– Je sais pas. Je fais juste constater que les traces partent du quatre-roues et se dirigent vers la forêt.

– Ça voudrait dire que la personne qui est venue ici a marché à reculons en arrivant, et a marché dans ses traces en repartant.

– Pourquoi cet enfant serait venu fouiner autour de ton quatre-roues en marchant à reculons ?

– Aucune idée, mais c'est la seule explication. Il est quand même pas venu en volant.

– Viens, on va les suivre.

– T'es folle !

– Quoi ? T'as peur d'un enfant ?

– J'ai peur de ce qui est pas normal. Et ça, c'est pas normal.

– Bon, attends-moi ici, d'abord. Je reviens.

Évidemment, Élie emboîta le pas à Anna. Les petites traces au sol s'enfonçaient dans le sous-bois en direction de la cabane à sucre abandonnée.

Aux abords de la voie ferrée, les traces cessèrent subitement, comme si la personne qui les avait laissées s'était envolée ou évaporée.

— Ça non plus, c'est pas normal, murmura Élie.

— Non, c'est pas normal.

— Mais il y a sûrement une explication.

— Ça se peut. Mais là, pour le moment, je voudrais juste qu'on parte d'ici. Le soleil va être couché d'ici une demi-heure, et j'aimerais mieux qu'on soit sortis de la forêt quand il va faire noir.

— Euh... oui, on y va.

Ils regagnèrent à nouveau le Tao Tao. Au moment de mettre le véhicule en marche, Élie remarqua que le loquet du compartiment à bagage était levé. Il souleva le couvercle. Au fond du compartiment se trouvait un objet qu'Élie n'avait jamais vu : un cahier à couverture rigide muni d'un cadenas. Sur la couverture mangée par l'humidité, on distinguait le logo de 7 Up, ainsi qu'une illustration représentant un jeune garçon stylisé aux cheveux ébouriffés. Le cadenas était entièrement rouillé et semblait près de s'effriter.

— C'est quoi ? demanda Anna.

— Je sais pas, c'est la première fois que je vois ça. On dirait un journal intime.

Anna prit le cahier des mains d'Élie et fit sauter le cadenas. Elle l'ouvrit à la page de garde et lut : « Ce journal appartient à Rose-Marie Gagnon. »

— C'est pour ça qu'elle voulait que je revienne, murmura Anna.

— De qui tu parles ?

Journal de Rose-Marie

29 juin 1989

Je sais pourquoi Robot s'appelle Robot, je l'ai deviné moi-même, mais il était trop tard pour lui dire, il venait juste de partir. Il va revenir demain, c'est un secret entre lui et moi, j'ai rendez-vous avec lui près de la cabane à sucre, et la bonbonnière qui est si belle va être à moi et aussi les clubs de golf de feu Gédéon («feu» ici veut dire «mort»), incluant le sac et les tees et les housses pour protéger les têtes des clubs. La bonbonnière parce que j'ai résolu l'énigme, qui n'était pas si difficile (mais rien n'est si difficile un coup qu'on connaît la réponse), et les clubs à cause du service important que Robot veut que je lui rende, mais qu'il ne m'a pas encore dit c'était quoi. Et là, même si je suis hyper excitée, je vais prendre mon temps pour bien raconter les choses.

Robot est arrivé vers treize heures trente, et j'ai été la première à voir son camion parce que ça s'adonnait que je me promenais dans le sentier avec Molie, et que les autres étaient tous dans les chalets à bouder. Robot m'a fait salut de la main et s'est arrêté près de moi, et il m'a demandé comment tout le monde se portait, mais au lieu de répondre à sa question j'ai dit tout de suite : Robot, tu sais-tu quoi ? J'ai rencontré ton amie Sarah qui est enterrée sous l'appentis de la cabane à sucre. Elle fait dire bonjour.

J'ai ri en disant ça, pour faire semblant que je comprenais moi aussi la blague d'être enterrée, et j'ai ajouté que Sarah était mon amie maintenant, et qu'on allait correspondre par lettres et se confier des choses.

Mais j'ai arrêté de parler parce que je voyais dans la face de Robot que quelque chose n'allait pas. Je suis habituée de dire sans le savoir des affaires que je ne devrais pas dire, et je connais les faces que les adultes font quand je dis quelque chose qu'il ne faut pas. J'ai réfléchi aussi vite et aussi fort que je pouvais pour essayer de comprendre ce que j'avais dit de pas correct et j'ai pensé: oui, c'est sûr que Robot n'est pas content que j'aie parlé avec une personne rencontrée dans la forêt, parce que si on se fait dénoncer et que la justice envoie maman, Patrick, Denis et Marianne en prison à cause de l'argent volé, Robot va avoir des problèmes lui aussi pour nous avoir cachés de la police. Mes yeux piquaient de peine et j'ai voulu dire à Robot que j'étais désolée, vraiment désolée, mais je n'ai pas pu lui dire parce que quand j'ai commencé à pleurer, je pleurais trop pour être capable de parler.

Mais finalement, j'avais mal interprété la face de Robot. Il m'a consolée et m'a dit: Voyons donc, pourquoi tu pleures? Il a dit: Elle ressemblait à quoi, cette Sarah-là? Et là, j'ai répondu qu'elle était très belle, aussi belle qu'une comédienne dans un film et qu'elle était grande pour une fille, plus grande que Marianne, et qu'elle avait des cheveux noirs avec une couronne de fleurs blanches dedans. Robot a encore fait une drôle de face, mais pas une face de colère, plutôt une face de quelqu'un qui réfléchit, et il est resté longtemps sans parler, et je n'ai pas parlé moi non plus pour le laisser réfléchir. Finalement, il m'a demandé comment elle allait, Sarah, et il voulait que je lui dise où je l'avais rencontrée, exactement, et tout ce qu'on s'était dit, elle et moi.

J'ai tout raconté à Robot, en commençant par la fois où Sarah était venue se baigner la nuit dans le lac, mais que je ne savais pas son nom dans ce temps-là, que je l'ai su juste quand je l'ai rencontrée en arrière de la bécosse. J'ai dit que Sarah avait des blessures vraiment grosses, et que même on voyait un peu l'os de son épaule, mais que ça ne l'empêchait pas d'être de bonne humeur. Robot est encore resté longtemps sans parler, et je voyais sa main trembler sur le volant du camion, et j'ai encore pensé que j'avais dit de quoi de pas correct, mais finalement non. Il a demandé : À qui est-ce que tu as parlé de Sarah, à part moi ? J'ai répondu : À personne. Il a dit : T'es certaine ? À personne ? J'ai dit : Non, non, à personne, j'en ai seulement parlé par écrit dans mon journal intime de Fido Dido, mais personne n'a le droit de le lire et de toute façon il y a un cadenas dessus.

Robot a dit : Écoute, j'aimerais que tu me rendes un service très important. Mais c'est un secret, il ne faut pas que tu en parles, même pas à ta mère.

J'ai dit : Oui, ça va me faire plaisir, moi je veux toujours rendre service et je suis capable de garder un secret.

Robot a dit : C'est bien. Et pour te récompenser, je vais te donner la jolie bonbonnière.

J'ai dit : Non.

Robot a dit : Je pensais que tu voulais cette bonbonnière ?

J'ai dit : Oui, je la veux, mais c'est ma récompense pour l'énigme à propos de ton nom. Ça ne serait pas correct que tu me la donnes sans que j'aie résolu l'énigme.

Robot a dit : Oui, c'est vrai, mais est-ce qu'il y a autre chose que tu aimerais avoir ?

Là, j'aurais voulu dire : Non, non, je veux te rendre service sans rien recevoir en retour, parce qu'il faut rendre service à ses amis. Mais à la place j'ai dit, parce que je n'ai pas pu m'en empêcher : Les clubs de golf de ton grand-papa ! Ça m'a vraiment échappé et j'ai mis ma main sur ma bouche comme pour retenir ce que j'avais dit, même si je l'avais déjà dit, et j'ai eu peur que Robot me trouve effrontée, mais il a fait un grand sourire et m'a tendu sa main pour que je la serre. Je l'ai serrée, il a dit marché conclu, et j'ai demandé c'était quoi le service qu'il voulait que je lui rende.

Il n'a pas voulu me le dire tout de suite. Il m'a donné rendez-vous pour demain, à treize heures, près de la cabane à sucre. Il m'a fait promettre encore de n'en parler à personne, et m'a dit d'un ton vraiment sérieux que si je voyais encore Sarah dans les environs d'ici là, de me cacher d'elle. Je ne comprenais pas pourquoi. Il a dit: Je t'expliquerai demain. Il m'a aussi demandé d'apporter avec moi mon journal intime, et ça non plus je ne comprenais pas pourquoi. Je lui ai répété que je ne pouvais pas montrer ce que j'écrivais dans mon journal, même pas à mes amis. Mais Robot ne veut pas le lire, il veut juste le voir pour pouvoir en acheter un pareil à sa nièce qui aime beaucoup Fido Dido. Je lui ai dit que c'était impossible d'en acheter un pareil dans les magasins, que le mien je l'avais gagné grâce à un concours, en réunissant les lettres sous les bouchons de 7 Up. Il a dit: Apporte-le quand même, je vais le photographier et après je vais écrire à la compagnie pour demander si c'est possible quand même d'en avoir un pour ma nièce, vu qu'elle a la fibrose kystique. Et là, j'ai eu beaucoup de peine pour la nièce de Robot parce que c'est grave avoir la fibrose kystique, tu as de la misère à respirer, tu es blême avec des tuyaux dans le nez et tu meurs, c'est vraiment grave. Avoir su, je lui aurais donné le mien, mais là il est utilisé quasiment jusqu'à la moitié, ça ne vaut plus la peine. En tout cas j'ai dit à Robot que je l'apporterais pour qu'il le prenne en photo, et sûrement que les gens de 7 Up en ont en réserve et qu'ils vont en donner un gratuitement à sa nièce. On s'est serré la main encore et il m'a fait un clin d'œil en faisant semblant de fermer une fermeture éclair sur sa bouche, et moi aussi j'ai fait pareil, comme pour dire qu'on partageait un secret. C'est le fun, avoir des secrets.

Il a reculé son camion près du chalet de ses grands-parents. Patrick et Denis sont venus l'aider à décharger les provisions. Ils ne se parlaient pas, ils ne se regardaient même pas. Maman et Marianne étaient assises plus loin à lire des revues et elles n'ont même pas dit salut à Robot, elles n'ont même pas envoyé la main, rien. J'ai trouvé ça vraiment impoli. Quand il est reparti, je lui ai dit des affaires polies pour compenser un peu : Passe une bonne fin de journée, fais attention sur la route, etc. À l'arrière de son camion, Robot a un autocollant avec R2-D2 et C-3PO dessus, et j'ai trouvé ça drôle que Robot ait un autocollant avec des robots sur son camion. Et puis là, j'ai poussé un petit cri, et maman et Marianne ont accouru en pensant que je m'étais fait mal, mais c'était juste parce que je venais de comprendre. Je sais pourquoi Robot s'appelle Robot, c'était niaiseux comme énigme, j'aurais dû trouver la solution tout de suite quand il m'a montré son permis de conduire.

Je vais me coucher même s'il fait encore un peu clair, parce que j'ai tellement hâte qu'on soit demain pour savoir ce que Robot veut me demander comme service, et surtout pour lui dire que j'ai résolu son énigme. La bonbonnière et les clubs vont m'appartenir, à moi, et je vais pouvoir les regarder et les toucher tant que je veux et les emporter avec moi au Pérou. J'ai hâte.

Élie

Il faisait presque complètement noir lorsqu'ils émergèrent dans le rang Saint-Joseph. Élie gara son engin dans la cour de Grenier Transport, sous la lumière rassurante de la lampe sentinelle.

– Qu'est-ce qu'on fait maintenant ? demanda le garçon.

– On trouve un endroit tranquille pour lire. T'habites pas loin, me semble ?

– Juste à côté. Mais si on débarque chez nous à cette heure-là, ma mère va nous forcer à souper avant qu'on puisse aller dans ma chambre.

– Ça me va.

– Euh…

– Quoi ? Tu veux pas m'inviter à manger chez vous ?

– Oui, oui, c'est juste que si j'invite une fille chez nous, ma mère va faire plein de commentaires gênants et...

– Oui, c'est une mère. C'est correct, j'en ai une moi aussi, je sais ce que c'est.

– Il faut que je t'avertisse aussi qu'elle fait surtout des affaires végétariennes, t'sais avec des lentilles, des noix et des patates douces.

– C'est parfait, j'adore ça. Fais démarrer le moteur, il commence à faire froid.

– D'accord. Mais euh... qu'est-ce qu'on vient de trouver, au juste?

– On va le savoir bientôt.

Le repas se déroula beaucoup mieux qu'Élie ne l'avait anticipé. Anna semblait réellement apprécier la ratatouille et le riz sauvage, ou alors elle était très bonne comédienne.

Pour justifier l'invitation de son amie, Élie avait prétexté un important travail d'équipe à remettre pour le surlendemain, aussi Anna et lui se retirèrent dans sa chambre aussitôt la vaisselle rangée. Ils s'assirent côte à côte sur le plancher, adossés à la base du lit, et ouvrirent le journal de Rose-Marie.

C'est beau, en tout cas moi je trouve ça beau, les choses qu'on voit ici. C'est beau, les arbres, les oiseaux, les insectes, le ruisseau qu'on entend tout le temps. Les cinq cabanes autour du lac, les framboises et les fleurs et les trains qui passent, les wagons-citernes noirs et les wagons de marchandises bruns, c'est tellement beau.

DEUXIÈME PARTIE

Élie

Ils étaient si près l'un de l'autre que leurs épaules se frôlaient et, au début, Élie eut du mal à fixer son attention sur les mots que cette Rose-Marie avait écrits à l'encre mauve à l'été 1989. Il ne songeait plus du tout aux circonstances étranges qui avaient amené cet objet entre leurs mains. Il pensait : « Anna est près de moi », et cette simple idée le troublait. Il levait sans cesse les yeux vers sa compagne afin d'observer le profil de son visage, d'épier ses réactions. Il aurait voulu que le cahier qu'ils avaient à parcourir fasse un milliard de pages, et qu'Anna et lui restent là, assis côte à côte jusqu'à ce qu'ils aient cent ans. Il finit pourtant par se laisser prendre par le récit et, quand ils en eurent terminé avec la dernière entrée du journal, ce fut lui qui posa la question qui s'imposait :

— Tu penses que c'est vrai ?

— Quoi ?

— Ben, tout ça. Tu penses que c'est le vrai journal intime qu'une vraie petite fille a écrit à l'été 1989, ou bien que c'est une histoire inventée ?

— Je pense que c'est vrai. De toute façon, c'est facile à vérifier.

— Comment ?

— Rose-Marie dit que Denis et Patrick avaient volé un gros montant d'argent, qu'ils étaient recherchés et qu'on en parlait dans les journaux.

— Donc si on consulte les journaux de l'époque, on va forcément tomber sur l'histoire !

Élie prit place devant son ordinateur et lança Google Chrome. Il savait que les archives de *La Presse* étaient accessibles au public ; il avait déjà eu à utiliser cette ressource pour un travail à l'école. Il demanda l'édition du 23 juin 1989. La nouvelle qui faisait la une à cette époque préhistorique se lisait comme suit : «Lucien Saulnier meurt à 72 ans.» Le sous-titre précisait que M. Saulnier avait été le premier président de la Communauté urbaine de

Montréal. D'autre part, l'on apprenait que le temps était généralement ensoleillé (maximum de 30 °C), que le cahier cinéma contenait une critique du film *Batman*, et qu'un certain Robert Bourassa s'était engagé à tenir des élections en septembre. Ce n'est qu'à la page A6 que les deux amis trouvèrent ce qu'ils cherchaient. Ils sentirent un frisson leur parcourir l'échine en lisant le titre suivant :

LE VOL DE LA BRINK'S :
les deux chauffeurs maintenant suspectés ?

Selon les renseignements obtenus par *La Presse*, il semble que Patrick Lutzky et Denis Lamontagne, les deux agents de la Brink's portés disparus après que le camion qu'ils conduisaient eut été retrouvé dans le boisé du Tremblay, sur la Rive-Sud de Montréal, soient maintenant considérés comme des suspects dans cette affaire. Rappelons que les deux hommes sont introuvables depuis le 16 juin, alors qu'ils transportaient la recette hebdomadaire du centre commercial Les Promenades Saint-Bruno en direction de la succursale de la Banque Nationale située rue de La Gauchetière, au centre-ville de Montréal. Le magot s'élevant à plus de 2,7 millions de dollars n'a pas non plus été retracé.

Les indices pointaient d'abord en direction du crime organisé, plus précisément vers le caïd Roger Provençal, réputé pour ses nombreux vols de camions blindés. Il semble toutefois que cette piste ait été abandonnée, et que Lutzky et Lamontagne soient maintenant les principaux suspects.

De plus, il se pourrait que cette affaire soit liée à la disparition de la petite Rose-Marie Gagnon, portée disparue depuis la mi-juin. Rappelons que la mère de la fillette, Julie Camirand, est également introuvable et aurait, selon toute apparence, kidnappé sa fille dont elle craignait de perdre la garde. Or, selon plusieurs sources, Mme Camirand serait depuis quelques mois la conjointe de Patrick Lutzky. Marianne Saint-Denis, conjointe de Denis Lamontagne et également employée de la Brink's, manque aussi à l'appel. Tout renseignement sur les allées et venues de ces quatre individus peut être communiqué de manière confidentielle à la centrale de la SQ au (514) 598-4141. Les policiers recommandent toutefois aux citoyens de ne pas tenter d'appréhender les suspects, qui sont probablement armés. Une récompense de 100 000 $ est offerte par la Brink's à quiconque mettra les policiers sur la piste de l'argent volé.

Le père de la petite Rose-Marie, Jean-Claude Gagnon, offre également une récompense de 10 000 $ à la personne qui fournira un renseignement permettant de retrouver sa fille.

L'article était accompagné de quatre petites photos représentant Patrick, Denis, Julie et Marianne. Au centre du texte se trouvait une autre photo, un peu plus grande que les autres, représentant une fillette d'environ neuf ou dix ans, dont il était facile de deviner qu'elle était la fille de Julie Camirand. Le même visage ovale, la même chevelure épaisse et ondulée, et les mêmes grands yeux noirs qui lui donnaient en permanence un air étonné. Elle portait une veste en coton ouaté à capuchon et fixait l'objectif d'un air sérieux. La légende sous l'image rappelait qu'une récompense était offerte à quiconque permettrait de retrouver la petite Rose-Marie.

— C'est pas une histoire inventée...

— Non.

— Qu'est-ce qu'on fait maintenant ?

— Entre leurs noms dans Google pour voir s'ils ont été arrêtés ou...

— Je vais taper « Patrick Lutzky ». C'est un nom rare, on peut pas se tromper.

— Bonne idée.

Le nom de Patrick Lutzky généra bel et bien des résultats, qui se résumaient par quelques gros titres : « Les voleurs du camion blindé courent toujours », « La piste se refroidit dans l'affaire du vol de la Brink's », « Lutzky et Lamontagne parmi les dix criminels les plus recherchés au Québec », etc. Puis, dans l'édition du 20 juin 1999 de *La Presse*, un bref article en page A16 soulignait les dix ans de l'affaire. Le journaliste commençait son article en rappelant les circonstances du vol. Le camion, conduit par Patrick Lutzky accompagné de Denis Lamontagne, avait quitté les Promenades Saint-Bruno le vendredi 16 juin 1989 vers 21 h. Il devait se rendre à la succursale de la Banque Nationale située rue de La Gauchetière à Montréal. À 21 h 24, les deux chauffeurs n'avaient pas répondu à un appel de contrôle, et une alerte avait été déclenchée. Le camion avait été trouvé, vide, dans un boisé près de Longueuil, aux alentours de 22 h 30. Dix ans plus tard, ni l'argent ni aucun des suspects n'avaient refait surface. La théorie généralement admise était que les fugitifs avaient réussi à quitter le pays et vivaient sans doute à l'étranger sous de fausses identités.

Le journaliste avait également interrogé Jean-Claude Gagnon, le père de la petite Rose-Marie. L'homme se disait inconsolable, mais gardait toujours espoir de retrouver sa fille saine et sauve. Il n'était plus question de Patrick Lutzky dans les médias après cette date. L'affaire était classée.

Lorsqu'Élie entra le nom de Rose-Marie Gagnon, il obtint une pléthore de résultats sans lien avec l'histoire qui les occupait. Un tas de personnes s'appelaient Rose-Marie Gagnon. Il parvint tout de même à retrouver celle qu'il cherchait. Une fiche au nom de Rose-Marie figurait toujours sur le site Réseau Enfants-Retour, dans la section «Enfants portés disparus».

ROSE-MARIE GAGNON

Née le 8 janvier 1980
Disparue le 14 juin 1989
Yeux noirs
Cheveux bruns foncés
Langue parlée : français
Taille : 1 mètre 34
Poids : 35 kilos

La fiche était surmontée de la même photo que dans l'article de *La Presse*, mais en couleur cette fois. Dans le coin inférieur gauche de l'image se trouvait une autre photo : un rendu par ordinateur de l'aspect que pourrait avoir Rose-Marie Gagnon aujourd'hui, à la fin de la trentaine. Si quelqu'un la voyait, il pouvait composer ce numéro : 514 843-4333. La récompense, initialement de 10 000 $, avait été bonifiée et s'élevait maintenant à 30 000 $.

– Elle n'a jamais été retrouvée…, murmura Élie. Tu penses que…

– Que Robot l'a tuée ? Oui, c'est évident.

– Attends, c'est pas si évident que ça. Elle est peut-être réellement en Amérique du Sud.

– Non, ils ne devaient pas partir avant la fin de l'été, et le journal de Rose-Marie s'arrête brusquement le 29 juin... juste comme elle venait de dire à Robot qu'elle savait où Sarah était enterrée.

– Non, arrête. Ça marche pas.

– Qu'est-ce qui marche pas?

– Sarah. Cette partie-là est inventée, c'est sûr. Bon, on sait que l'histoire qu'on vient de lire dans le journal de cette Rose-Marie est vraie en partie. Il y avait une bande de criminels en cavale qui se cachait au lac Adélard en juin 1989, mais cette histoire de fille dans le lac avec ses blessures...

– Tu y crois pas?

– Non.

– Pourquoi?

– Parce que je crois pas aux fantômes.

– Tu penses pas qu'on a dépassé l'étape du «je crois pas aux fantômes»?

– Mais c'est trop... Je veux dire, il peut y avoir une autre explication.

– Il faudrait aussi trouver une explication au fait qu'un enfant qui a le pouvoir de voler ou de disparaître ait mis ce journal intime dans le compartiment de rangement de ton quatre-roues.

— OK, OK, je peux rien expliquer de tout ça, mais je voudrais juste être certain que cette Sarah existe vraiment.

— En tout cas, on sait où elle est censée être enterrée. Bon… j'aurais pas le courage d'aller creuser sous l'appentis de cette cabane à sucre pour vérifier, mais…

— On pourrait pas juste aller porter le cahier à la police?

— Tu penses que les policiers vont nous croire?

— On est pas obligés de leur dire que le cahier a été placé par un fantôme dans le compartiment de rangement de mon quatre-roues. On peut simplement dire qu'on l'a trouvé dans un des chalets. Ils vont comparer avec des échantillons de l'écriture de Rose-Marie, ou quelque chose comme ça, et ils vont aller creuser sous l'appentis de la cabane à sucre, juste pour en avoir le cœur net.

— T'as peut-être raison, mais…

— Mais quoi?

— J'ai l'impression qu'ils ne nous prendront pas tout à fait au sérieux, même si on leur parle pas de fantômes. Je suis d'accord pour aller voir la police, mais il faudrait avoir plus que ce journal intime à lui donner.

Élie ne croyait qu'à moitié aux raisons d'Anna.

Il devinait que son amie éprouvait quelque chose comme un sentiment de propriété à l'égard de leur trouvaille, et qu'il lui répugnait de se départir du journal de Rose-Marie. Pour sa part, le garçon était convaincu que les policiers feraient ce qu'il fallait, mais il n'avait rien contre l'idée de retarder le moment de leur remettre le document. Il demeura silencieux quelques instants, essayant de mettre de l'ordre dans ses pensées, puis il dit :

— Donc, tu penses que Robot a tué Rose-Marie parce qu'elle savait où était enterré le cadavre de Sarah ?

— Oui.

— Et tu penses que c'est lui qui avait tué et enterré cette Sarah ?

— Qui d'autre ? Regarde ce que Sarah répond quand Rose-Marie la questionne au sujet du surnom de Robot : *c'était parce que Robot était un robot pour vrai, qu'il ressemblait à une personne, qu'il bougeait comme une personne, mais qu'il n'avait pas de sentiments.*

– C'est pas vraiment une preuve…

– Il est devenu contrarié quand Rose-Marie lui a parlé de Sarah, il s'est assuré qu'elle n'avait parlé de sa nouvelle amie à personne, il lui a donné un rendez-vous secret et il lui a demandé d'apporter son journal intime. Ça non plus, c'est pas des preuves, mais c'est quand même un gros paquet de circonstances étranges.

– J'avoue. Mais pourquoi est-ce qu'il n'a pas détruit son journal intime?

– Ça, c'est dur à expliquer.

– Et les autres? Julie, Patrick…

– Il les a tués aussi, c'est sûr.

– Comment tu peux en être certaine?

– Parce qu'on en a plus entendu parler. Et cette Julie Camirand se serait pas enfuie à l'étranger en laissant sa fille derrière.

– Mais pourquoi est-ce qu'il aurait tué toutes ces personnes?

– En se débarrassant de toute la bande, il mettait la main sur les 2,7 millions. C'est déjà une bonne raison. Mais, t'sais, peut-être qu'il avait pas l'intention de les tuer au début, il voulait peut-être réellement les aider à fuir en Amérique du Sud en échange d'une partie du butin. Peut-être qu'il a paniqué quand il a découvert que Rose-Marie était au courant pour Sarah...

— Oui, on peut supposer tout ce qu'on veut. Mais comment en être certains?

— Il faudrait d'abord essayer de découvrir l'identité de ce Robot.

— Comment?

— On pourrait commencer par essayer d'identifier Sarah. Ça va peut-être nous mener à lui. On connaît l'ancienne adresse de Sarah...

— Oui, c'est juste à côté d'ici. T'sais, la maison jaune?

— Là où les chiens ont jappé quand on est passés devant?

— Firmin pis Achille, oui.

— Et les gens qui habitent là...

— Ils sont arrivés en 2014 ou 2015. Ils ont rien à voir avec cette Sarah.

— Mais ceux qui vivaient là avant?

— Un couple de vieux. Je pense qu'ils sont partis vivre en Floride.

— C'est peut-être ses parents, il faudrait essayer de les contacter. Même s'ils n'ont rien à voir avec Sarah, ils pourraient sûrement nous dire qui vivait là autour des années 1980.

– Oui, ça devrait être possible de les retracer. Mais même si on arrive à retrouver les parents de cette Sarah, ça va pas forcément nous mener à Robot.

– As-tu une autre idée ?

– Écoute, supposons que ce fameux Robot était dans la vingtaine ou la jeune trentaine en 1989. Trente ans plus tard, il doit être dans la cinquantaine ou dans la jeune soixantaine.

– Évidemment.

– On a juste à demander aux gens de cet âge-là du village s'ils ont connu un gars surnommé Robot.

– Bonne idée ! Tu peux demander à tes parents tout de suite. À ton père, en tout cas. Ta mère a l'air trop jeune, elle devait être une enfant en 1989.

– Mon père a cinquante-six ans, mais il habitait pas ici dans ce temps-là. Il vient de Drummondville. Mais peut-être que mon oncle Rosaire…

– C'est qui, lui ?

– Le père de mon cousin Steve. Il connaît tout le monde à Charette. Je vais le texter. Pis toi, il y a personne à qui tu peux poser la question ?

– Ça fait même pas six mois que je suis arrivée de Montréal, tu le sais. Je connais personne dans la région. En tout cas, personne de cinquante ou soixante ans.

– Non, c'est sûr…, répondit Élie sur un ton qui laissait entendre que cela n'était pas si sûr.

– Élie Bournival!

– Quoi?

– Crache le morceau. Ça paraît tellement dans ta face que t'es au courant…

– Au courant de quoi?

– …

– Bon, OK, l'autre jour quand je suis allé chez vous, j'ai vu M. Cossette arriver après mon départ. Pis quand je l'ai vu entrer sans frapper, j'ai compris que…

– Que ma mère sortait avec ton ancien directeur.

– Oui. T'sais, c'est pas si grave.

– J'imagine que non. Sauf que le soir où Hervé est venu chez nous après que t'es parti, ça faisait quand même un bon dix, quinze minutes que t'étais sorti.

– Quelque chose comme ça.

— Si tu l'as vu entrer dans la maison, c'est parce que t'étais encore là.

— Oui. Je reprenais mon souffle avant de partir.

— Qu'est-ce qui t'avait essoufflé tant que ça? Parler à ma perruche?

— Non, juste de réaliser que j'étais allé chez vous.

Anna

Le silence qui suivit cet aveu risquait de devenir extrêmement embarrassant. Anna n'avait aucune idée quoi répondre, et pourtant son cerveau fonctionnait à plein régime afin de trouver quelque chose. Heureusement, Élie poursuivit comme si de rien n'était.

– Ça vaut la peine que tu demandes à M. Cossette au sujet de Robot. Mais même si personne se souvient d'un gars surnommé Robot, on peut toujours essayer de l'identifier par nos propres moyens.

– Comment?

– On a juste à résoudre l'énigme en la prenant à l'envers. Rose-Marie dit qu'il y a un lien entre le surnom de Robot et son vrai nom. Comment un gars pourrait s'appeler pour qu'on lui donne le surnom de Robot?

— T'as des idées?

— Ça pourrait être, mettons, la première syllabe de son prénom et la première de son nom de famille. Comme ROger BEAUlieu. Tu vois?

— Si c'était aussi évident, Rose-Marie aurait pas mis des jours à trouver la solution. Mais ton idée vaut la peine d'être creusée. Il y a combien d'habitants à Charette, au juste?

— On est à peu près mille.

— Ça fait quelques centaines de numéros de téléphone. Ça serait pas si long de passer en revue tous les noms de l'annuaire de Charette pour voir s'il y en a un qu'on peut relier d'une façon ou d'une autre au mot «robot».

— Je vais chercher l'annuaire.

Il n'existe pas d'annuaire téléphonique consacré au seul village de Charette. Celui distribué aux résidents comprend les adresses et numéros de toutes les municipalités de la MRC de Maskinongé, aussi l'exercice s'avéra-t-il beaucoup plus long et fastidieux que prévu. Il fallait tout d'abord repérer dans la liste les numéros débutant par l'indicatif de Charette (221), et ensuite prendre quelques secondes pour décider que non, ce Conrad Allaire du 4ᵉ Rang n'était sans doute pas la personne que l'on cherchait.

— On passera jamais au travers ce soir. Surtout que je suis censée rentrer à neuf heures au plus tard.

— Il est déjà huit heures et vingt. Le mieux, c'est qu'on continue chacun de notre bord pis qu'on compare nos résultats.

— Oui, mais t'sais, c'est possible que la piste mène nulle part. C'est aussi possible que Robot habite plus à Charette, ou que le téléphone soit pas à son nom.

— C'est sûr. Je propose quand même qu'on persévère, juste au cas.

— Je suis d'accord. Mais il m'est venu une autre idée.

— Laquelle ?

— On pourrait consulter le registre foncier. Ça doit être disponible en ligne.

— Euh… c'est quoi, un registre foncier ?

— C'est un répertoire de toutes les propriétés, avec des renseignements comme les dimensions du terrain, l'évaluation municipale, le montant des taxes, le propriétaire, etc. J'ai appris que ça existait l'an passé, quand ma mère cherchait une maison dans le coin.

— Et où tu veux en venir avec ton registre foncier?

— En 1989, le lac Adélard appartenait à la famille de Robot...

— Peut-être que ça leur appartient encore!

— C'est sûrement le cas. Si le lot avait été vendu, me semble que les nouveaux propriétaires se seraient débarrassés des cossins de Gédéon.

Élie laissa sa place devant l'ordinateur à Anna, qui n'eut aucun mal à trouver ce qu'elle cherchait. En quelques clics, la jeune fille accéda au rôle d'évaluation de la MRC de Maskinongé, et sélectionna «Charette». Sur la carte interactive qui s'afficha alors, elle identifia le lot correspondant au lac Adélard et cliqua dessus. La fiche comportait un tas de renseignements abscons (cadastre, numéro de matricule, utilisation prédominante, numéro d'unité de voisinage, etc.), mais l'information qu'ils cherchaient s'y trouvait bel et bien:

PROPRIÉTAIRE : Madeleine Delage
ADRESSE : 425, rue Séguin, North Hatley

– Madeleine Delage. Qu'est-ce qu'on fait? On l'appelle? suggéra Élie.

– Pas ce soir, mais oui, il va falloir l'appeler.

– Et lui demander : «Pardon, madame Delage, mais êtes-vous parente avec un certain Robot?»

– Je pense qu'il y a moyen de jouer ça plus subtilement. Mais on s'en reparlera demain. Ma mère vient de me texter, elle est en route pour venir me chercher.

– D'accord. De mon côté, je vais continuer à lire l'annuaire. Je vais surtout regarder les Delage. Si elle est parente avec Robot, il y a des chances pour qu'il s'appelle Delage lui aussi.

– Les femmes de cette génération-là avaient tendance à prendre le nom de leur mari, mais t'as raison, il faut vérifier.

Avant qu'Anna ne parte, Élie photographia chacune des pages du journal de Rose-Marie. Anna conserverait l'original. Comme elle le rangeait dans son sac à dos, la voiture de sa mère se garait dans l'allée. Les deux amis convinrent de se retrouver le lendemain après l'école, chez Anna cette fois.

En arrivant chez elle, Anna lança son sac dans le vestibule, fit sa toilette en vitesse, expédia ses devoirs et regarda un peu la télé avec sa mère avant de monter dans sa chambre. Elle se sentait beaucoup trop fébrile pour seulement penser à se coucher. À la place, elle s'installa devant son ordinateur et entreprit de rechercher cette Madeleine Delage, à qui appartenait la propriété où était situé le lac Adélard.

Elle eut de la chance. Il y avait bel et bien une femme de ce nom habitant North Hatley. Elle était artiste peintre et vendait ses œuvres (qu'Anna jugea immondes) au moyen d'un site Web. Anna cliqua sur «Me contacter» et constata que l'adresse postale du studio de Mme Delage correspondait à celle trouvée sur le registre foncier. La section «Me contacter» comprenait également les coordonnées d'un compte Instagram, un numéro de téléphone et une adresse courriel. Sous l'inspiration du moment, Anna composa le message suivant :

À : madeleinedelage@courriel.com

Objet : Sérénité

De : rdoppelmayer@courriel.com

Bonjour Madame Delage,

Mon nom est Rebecca, je collectionne les œuvres d'artistes québécois, et j'admire votre travail depuis longtemps. J'aimerais beaucoup acquérir le paysage automnal intitulé *Sérénité*. J'habite à Charette, et comme je crois savoir que vous avez de la famille ici, je me demandais si vous veniez dans le coin de temps en temps. Si oui, cela présenterait l'avantage de réduire les risques et les frais de transport. Quoi qu'il en soit, j'attends votre réponse pour connaître les modalités de la transaction.

Cordialement,

Rebecca Doppelmeyer

Anna se relut à de nombreuses reprises, incapable de décider si ses phrases avaient réellement l'air de celles d'une grande personne, ou plutôt de celles d'une fille de treize ans essayant d'imiter une grande personne. Elle finit tout de même par appuyer sur «Envoyer», puis elle se mit au lit. Il était improbable que Madeleine Delage lui réponde ce soir.

Elle était toujours surexcitée mais, au bout d'une demi-heure, elle se sentit glisser dans cet état intermédiaire entre la veille et le sommeil. Puis, comme cela arrive parfois lorsqu'on se trouve dans cet état, elle sursauta sans savoir pourquoi. Dans sa grande cage près de la fenêtre, Enid semblait agitée. Elle arpentait frénétiquement son perchoir par petits pas saccadés, becquetant sa clochette et son os de seiche.

Maintenant parfaitement éveillée, Anna leva la tête et regarda en direction de la cage. Il n'y avait personne, mais elle sentait malgré tout une présence dans la pièce. Puis elle se raisonna : elle se dit qu'elle avait seulement les nerfs à vif. Dans sa cage, Enid continuait son raffut. Anna prit son téléphone sur sa table de chevet et le consulta pour savoir l'heure. Une heure quarante-six. Elle s'aperçut alors qu'elle avait reçu un message d'Élie. Celui-ci avait continué ses recherches après le départ d'Anna. Il avait épluché l'annuaire, mais sans succès. Aucun Delage n'y était répertorié, et aucun nom n'y évoquait un robot, du moins à première vue. D'autre part, son oncle Rosaire avait répondu à son message. Il n'avait jamais entendu parler d'un type surnommé Robot au village. Par contre, il se souvenait d'une jeune fille du nom de Sarah, portée disparue vers la fin des années 1980, et dont les parents, des Langlois, habitaient le rang Saint-Joseph. Élie avait joint à son message un lien menant vers un bref article de l'édition du 16 septembre 1987 du *Nouvelliste*.

LES PARENTS DE SARAH LANGLOIS GARDENT ESPOIR

Douze jours après la disparition de la jeune femme de 21 ans, Paul Langlois et Carole Gélinas espèrent toujours retrouver leur fille vivante. Rappelons que Sarah Langlois, qui habitait à Montréal pour ses études, devait venir passer le long week-end de la fête du Travail dans sa famille, à Charette. Son père était censé la prendre au terminus d'autobus de Trois-Rivières, le 4 septembre vers 19 h. Mais elle a téléphoné à celui-ci dans l'après-midi pour dire qu'un ami passerait plutôt la prendre. Elle n'a plus été revue depuis. Les policiers ont jusqu'ici échoué à établir l'identité de l'ami en question. Sarah Langlois fréquentait depuis quelques semaines un garçon de Montréal, mais celui-ci posséderait un alibi solide pour toute la journée du 4 septembre. L'enquête a démontré que la jeune femme avait acheté son billet d'autobus, mais il est impossible de savoir si elle est bel et bien montée dans l'autocar. Comme l'explique le sergent Pierre Hubert de la SQ, cette incertitude plonge les policiers dans l'embarras : « Nous n'avons pas de point de départ. C'est ça, le problème. Pour l'heure, nous ne savons pas si nous devons concentrer nos recherches à Montréal, Trois-Rivières ou ailleurs. »

L'article se poursuivait par les habituels appels à la collaboration du public et la liste des numéros à composer pour communiquer des renseignements. Il n'était évidemment venu à l'idée de personne d'aller creuser sous l'appentis de cette sucrerie perdue au milieu des bois.

Anna répondit au message d'Élie en lui racontant ses propres démarches. Elle lui fit un copier/coller du courriel qu'elle avait envoyé plus tôt à Madeleine Delage. Puis elle se mit au lit et s'endormit aussitôt.

Les voix de sa mère et d'Hervé, mêlées aux bruits de vaisselle et d'ustensiles s'entrechoquant, la tirèrent de son sommeil. Elle était épuisée et aurait tout donné pour rester au lit. Cependant, à mesure que les événements de la veille lui revenaient à l'esprit, elle sentait l'excitation l'envahir. Elle bondit de son lit et alla consulter ses courriels. Mme Delage ne lui avait toujours pas répondu, mais il n'était que sept heures du matin. D'ailleurs, qu'est-ce qu'Hervé faisait là à cette heure ? Le directeur racontait à qui voulait l'entendre qu'il tenait à arriver à l'école avant tout le monde, prenant chaque matin une demi-heure de son temps personnel pour faire une tournée d'inspection et vérifier que le type de l'entretien avait bien fait son travail, que le chauffage fonctionnait, que tout était en ordre. S'il avait dérogé à ce rituel, c'est que c'était important. « Peut-être qu'il a eu une promotion et qu'il a été muté à Amos.» Anna s'en voulut pour cette pensée peu charitable. Elle avait récemment réalisé que sa mère était vraiment heureuse pour la première fois depuis des années. Marie-Hélène avait bien eu quelques amoureux depuis la mort du père d'Anna, mais aucun ne l'avait fait rire de bon cœur comme Hervé le faisait. Que les blagues d'Hervé fussent objectivement atroces ne changeait rien à l'affaire. En descendant l'escalier, Anna prit la résolution de se montrer plus chaleureuse à l'avenir avec l'amoureux de sa mère. Enfin, légèrement plus chaleureuse.

Hervé avait bel et bien quelque chose d'important à annoncer. Ce fut Marie-Hélène qui balança la nouvelle à la tête d'Anna dès qu'elle fit son apparition dans la cuisine.

– Hervé nous emmène en Europe l'été prochain ! Son frère lui prête sa maison à Namur. On va passer un mois en Belgique. On va aussi aller en France et en Italie et, au retour, on va arrêter à Londres pour rendre visite à Gabrielle.

La perspective de revoir sa marraine remplit Anna de bonheur et lui fit, pour un instant, oublier Rose-Marie, Robot et le lac Adélard.

– Qu'est-ce qu'on dit ?

– Merci, Hervé. Vraiment. Mais tu sais, maman, que tu gâches un peu le moment en disant : « Qu'est-ce qu'on dit » ?

– Les mères, ça existe pour gâcher les moments. Il faut dire que ça t'arrive d'oublier de dire merci…

– Es-tu en train de dire que j'ai été mal élevée ?

– Très drôle. Bon, viens manger, sinon tu vas être en retard.

– On partirait quand ?

– Dès que l'école va être finie.

– C'est cool, mais…

– Mais ?

– Plutôt que d'arrêter voir matante Gaby en revenant, on pourrait arrêter en y allant, et moi, je pourrais rester avec elle pendant que vous allez à… euh… c'est quoi, la place ?

– Namur.

– C'est ça. Moi, je resterais à Londres avec Gaby pendant ce temps-là. Ça vous ferait un voyage en amoureux, genre, et vous pourriez faire toutes vos affaires plates de grandes personnes sans m'avoir dans les jambes.

– Hmm... j'avoue que c'est tentant, mais écoute, on en reparlera. Il faudrait voir avec Gaby. Elle a peut-être des projets pour l'été.

Anna fut légèrement vexée que sa mère accepte si vite l'idée d'être séparée de sa fille durant une grande partie de l'été, mais elle pouvait difficilement lui en vouloir : la proposition venait d'elle.

– Je vais l'appeler en revenant ce soir. Oh, en passant, mon ami Élie va venir après l'école. On a un travail d'équipe à finir. Il va souper ici, si ça te dérange pas.

– Pas du tout. Élie est toujours le bienvenu. C'est un bon petit gars.

– En tout cas, Hervé l'aime beaucoup. Il paraît qu'il l'appelait dans son bureau au moins une fois par semaine.

Le directeur éclata de rire. Lui et Anna échangèrent un sourire complice (une première), puis Anna prit son déjeuner et monta s'habiller. Elle en profita pour vérifier si Mme Delage lui avait répondu. Non.

Élie avait pris l'habitude de voyager avec Anna et sa mère pour se rendre à l'école, mais les deux adolescents ne pouvaient évidemment pas discuter des questions qui les intéressaient en présence de Marie-Hélène. Et comme celle-ci les déposait toujours à la dernière minute devant la porte de l'établissement, ils ne disposèrent que d'un bref instant avant le début de la classe pour tenir un conciliabule. Il n'y avait pas grand-chose à dire de toute façon. Élie confirma à Anna que l'article qu'il lui avait fait parvenir la veille était le dernier à mentionner la disparition de Sarah Langlois. Il avait fait des recherches afin de retrouver les parents de la jeune femme, et avait découvert que Paul Langlois et Carole Gélinas étaient morts à quelques années d'intervalle au début des années 2010. Cette piste ne mènerait nulle part. Ils convinrent de se retrouver au foyer étudiant à la fin de la journée.

Comme cela arrivait de temps en temps, Mme Asselin, la prof de français, décréta une demi-heure de «lecture et travaux personnels» pour commencer la journée. Anna soupçonnait que l'enseignante avait établi cette coutume pour s'avancer elle-même dans ses «travaux personnels», de manière à ne pas avoir à les faire chez elle. Quoi qu'il en soit, cela arrangeait la jeune fille. Elle en profiterait pour relire attentivement le journal de Rose-Marie, à la recherche d'indices qui auraient pu lui échapper lors de la première lecture. Toutefois, le cahier ne se trouvait plus dans son sac. «Elle est revenue pour le chercher. C'est pour ça que j'ai senti une présence dans ma chambre la nuit dernière. Elle nous l'avait seulement prêté.» Anna comprenait. Elle non plus n'aurait pas laissé son journal intime dans des mains étrangères plus longtemps qu'il ne le fallait. Un frisson lui parcourut tout de même l'échine à l'idée qu'une petite fille morte depuis trente ans était venue rôder dans la maison au milieu de la nuit.

Tout juste avant le début du troisième cours de la matinée, alors qu'Anna se trouvait aux toilettes, elle reçut un texto d'Hervé.

Bonjour, Anna, pourrais-tu venir me rejoindre à l'extérieur? Je suis stationné en face, de l'autre côté de l'avenue Albert-Tessier. Hervé.

Sa première réaction en fut une d'amusement mêlé de perplexité. Ainsi donc, il se trouvait encore des gens, de nos jours, qui signaient leurs textos et les commençaient par une formule d'ouverture ! Puis l'amusement fit place à de l'inquiétude. Que faisait Hervé à Shawinigan à cette heure, et pourquoi voulait-il lui parler, toute affaire cessante ? Elle passa prendre son manteau à son casier et sortit des Chutes au moment où le timbre annonçant la reprise des cours se faisait entendre. Hervé se tenait debout près de sa voiture, et l'air mortifié qu'il affichait ne fit rien pour calmer l'inquiétude d'Anna.

– Qu'est-ce qui se passe ?

– C'est Marie-Hélène. Écoute, il ne faut pas que tu t'en fasses pour rien, mais…

– Qu'est-ce qui est arrivé à ma mère ?

Anna posa la question d'une voix stridente. Elle avait perdu son père il y avait cinq ans de cela. Jean-François Guillot avait été happé par un camion alors qu'il se rendait au travail à vélo. La douleur était moins vive d'année en année, mais elle serait toujours là. Surtout, Anna vivait en permanence avec la crainte qu'il arrive quelque chose à sa mère et qu'elle se retrouve orpheline.

— C'est sûrement rien de grave. Elle a eu des étourdissements et des maux de tête ce matin au bureau. Un de ses collègues l'a amenée à l'hôpital.

— Et qu'est-ce qu'elle a ?

— On ne le sait pas encore, elle attend pour passer des tests. Ça peut être n'importe quoi, de l'anémie, des symptômes de préménopause...

— Ou ça peut être grave.

— Il faut espérer que non. Mais comme je disais, il n'y a pas moyen de le savoir pour le moment.

— Je veux la voir.

— C'est pour ça que je suis venu te chercher. J'ai pris congé pour être avec elle, et j'ai pensé que tu voudrais venir aussi.

— C'est sûr. Mais, euh...

— Je me suis déjà arrangé avec ta directrice. Cécile est une vieille amie.

Un peu hébétée, le cœur serré, Anna prit place dans la voiture. Ils roulèrent en silence pendant quelques minutes, puis Anna sortit son téléphone de sa poche et demanda :

— Penses-tu que je peux l'appeler ?

– Elle est sûrement avec le médecin. À ta place, j'attendrais un peu. De toute façon, on arrive bientôt.

Anna obtempéra mais, cinq minutes plus tard, n'y tenant plus, elle composa le numéro de sa mère. À sa grande surprise, l'écran de son appareil indiquait que son appel ne pouvait être acheminé, car le service était temporairement indisponible.

– C'est normal. On arrive dans le coin de Saint-Mathieu, lui dit Hervé, comme si cela expliquait tout.

– Pis?

– Il n'y a jamais de réseau ici, sauf de temps en temps, quand les conditions météo sont optimales. Saint-Élie et Saint-Mathieu-du-Parc sont dans un genre d'angle mort des tours de télécommunication.

Anna fit tout de même une nouvelle tentative, mais elle dut admettre qu'Hervé avait raison : il était impossible d'obtenir la ligne. Par contre, elle recevait un signal Internet, mais très faible. Elle décida de texter Marie-Hélène pour lui demander si tout allait bien. Elle remarqua alors qu'elle avait un message non lu. Sam.

Hé, la punk! Qu'est-ce que tu fais?
Ça fait deux jours que t'es pas en ligne.
Comment on fait ça, rester deux jours
hors ligne?

Je t'expliquerai. Pas le temps pour
le moment. Suis en char avec le
chum de ma mère et le réseau est
faible dans le coin.

La roue de chargement tourna pendant une
bonne minute avant que le message ne parte. Anna
jugea qu'il était inutile d'attendre une réponse,
aussi rangea-t-elle son téléphone. Quelques instants plus tard, pourtant, une vibration l'informa
qu'elle avait reçu un nouveau texto. Cette fois, le signal était bien mort. La réponse de Sam avait tout
de même eu le temps de lui parvenir.

Le chum de ta mère? C'est encore le
même? Le dude avec le nom de droïde?

Anna mit un temps avant de percuter. Elle n'était pas une grande fan de la saga Star Wars mais, comme tout le monde, elle savait que « droïde » était le nom que l'on donnait aux robots dans ces films. La plupart du temps, ils étaient désignés par une série de chiffres et de lettres. Les droïdes les plus connus étaient évidemment R2-D2 et C-3PO. Mais qu'est-ce que cela avait à voir ?

Puis ce fut l'explosion dans sa tête.

R2-D2.

C-3PO.

RV-K7.

Hervé Cossette.

Un nom de droïde. Un nom de robot.

Non, c'était impossible. Absolument impossible. Elle réalisa alors quelque chose qu'elle aurait dû constater depuis une bonne dizaine de minutes : ils roulaient dans la mauvaise direction. La géographie du Centre-Mauricie ne lui était pas encore très familière, mais Anna savait tout de même que l'hôpital régional était situé à Shawinigan-Sud, et que la route vers Shawinigan-Sud ne passe pas par Saint-Mathieu-du-Parc. Elle prit également conscience que personne ne savait où elle était.

Hervé l'avait textée juste avant la fin de la pause et l'avait attendue de l'autre côté de l'avenue Albert-Tessier. Il ne s'y serait pas pris autrement s'il avait manœuvré pour que personne ne les voie partir ensemble. Il avait affirmé s'être entendu avec Cécile pour justifier son absence, mais rien ne prouvait qu'il l'avait réellement fait.

Élie

Ils avaient anglais au retour de la pause, et Anna était en retard. Au bout d'un quart d'heure, alors que la jeune fille n'était toujours pas arrivée, Mme Laroque demanda à ses élèves si quelqu'un savait où était Anna Guillot. L'enseignante regarda plus particulièrement Élie en posant la question, et celui-ci ressentit une fierté un peu niaise à l'idée qu'on l'identifiait maintenant comme « ami d'Anna ». Il dut toutefois admettre qu'il n'en savait pas plus que les autres quant aux raisons qui avaient poussé Anna à sauter le cours d'anglais. Il éprouva, dans un premier temps, quelque chose comme une vague irritation à l'endroit de son amie. Enfin, elle aurait pu le prévenir. Ce n'était pas le genre d'Anna de disparaître comme ça, au beau milieu d'une journée d'école, sans avertir personne. Et c'était étrange que ça arrive justement au moment où Élie et elle avaient commencé à s'intéresser au fameux Robot. Elle aurait pu se douter qu'Élie s'inquiéterait. D'ailleurs, il commençait à s'inquiéter. Et si l'absence d'Anna avait un rapport avec les événements des derniers jours ? Si ce mystérieux Robot, ayant eu vent de leur enquête embryonnaire, avait décidé de s'en prendre à elle ? Non, c'était absurde. Il était impossible de kidnapper une adolescente en plein jour dans une polyvalente bondée. D'ailleurs, personne n'était au courant de leurs démarches. Personne ? Élie avait demandé à son oncle Rosaire s'il avait connu un homme surnommé Robot, mais Rosaire avait répondu par la négative, et il était peu plausible que celui-ci en ait parlé à quelqu'un d'autre. Puis cette idée ridicule traversa l'esprit d'Élie : « À moins que mononcle Rosaire ne soit Robot… » Non, bien sûr que non. De toute façon, Élie n'avait pas mentionné Anna dans son message. Cette dernière, de son côté, avait contacté la propriétaire actuelle du lac Adélard, Madeleine Delage. Cependant, elle n'avait pas donné son nom véritable. Mais son nom véritable était peut-être contenu dans son adresse courriel et elle avait oublié ce détail sur le moment ? Quoi qu'il en soit, c'était forcément cela qui avait mis Robot sur la trace d'Anna. Madeleine Delage reçoit le courriel d'Anna, elle alerte Robot (son frère ou son cousin), Robot panique et décide de kidnapper Anna. Mais comment s'y est-il pris ? Il lui a peut-être écrit un message pour l'attirer dans une rue avoisinante. Mais Élie avait du mal à croire qu'Anna serait allée se jeter dans la gueule du loup, comme ça.

Malgré l'interdiction formelle d'utiliser les téléphones en classe, il se fit un paravent de son manuel d'anglais et composa un bref message à l'adresse d'Anna.

T'es où ?

Évidemment, si elle était entre les mains de Robot, elle ne pourrait pas répondre. Il fallait qu'il aille à son secours. S'il n'était pas déjà trop tard. Il chassa cette pensée et se força à réfléchir clairement. Où l'aurait-il amenée ? La réponse à cette question n'était pas très difficile. Il avait assassiné toutes ses victimes au même endroit. Du moins, si la théorie qu'Anna et lui avaient échafaudée était correcte.

Bien sûr, il était probable que la jeune fille ait seulement eu envie de prendre l'air, ou de trouver un coin tranquille pour relire le journal de Rose-Marie. Malgré tout, Élie décida que, dans le doute, il ne pouvait pas demeurer là à écouter Mme Laroque ânonner des verbes irréguliers. Il se força à rester assis cinq minutes, qu'il passa à fixer son téléphone avec ferveur, espérant de toutes ses forces voir l'écran s'allumer. Mais Anna ne répondait pas.

Il leva la main et demanda à Mme Laroque la permission de se rendre aux toilettes. Cette dernière lui fit remarquer, à juste titre, que l'on revenait à peine de la pause et qu'il aurait pu y penser avant. Il n'avait pas la tête à argumenter : il se leva, déclara que ça ne pouvait pas attendre et sortit de la classe. Il courut dans le corridor et dévala l'escalier, espérant ne pas se faire intercepter par le surveillant d'élèves. Mais il ne rencontra personne. Dehors, la question évidente s'imposa à son esprit : comment se rend-on de Shawinigan à Charette quand on a treize ans et qu'on ne dispose d'aucun moyen de locomotion ? Une rapide recherche sur son téléphone lui apprit qu'il s'agissait d'un trajet de vingt-cinq kilomètres. Il ne pouvait tout de même pas demander à sa mère de venir le chercher. Y aller à pied ? Il arriverait sans doute en même temps que l'autobus, vers seize heures trente. À vélo ? Il estimait que cela lui prendrait environ deux heures. Il passait mentalement en revue ses amis et connaissances susceptibles de lui prêter leur vélo quand il se rappela que son copain Maxence avait l'habitude de venir à l'école en scooter. Le Keeway Hurricane 2009 n'atteignait guère plus de cinquante kilomètres-heure, mais vu les circonstances, Élie ne se montrerait pas trop regardant. Il se rendit près de la borne où Maxence garait son véhicule, derrière le centre sportif. Là, il texta son ami :

C'est quoi la combinaison de ton cadenas ?

Il savait que Maxence répondrait, malgré l'embargo sur les cellulaires en classe. En effet, la réponse survint dans la minute.

Pkoi tu demandes ça?

Pkoi tu penses? J'ai besoin de ton scooter.

T pas dans ton cours d'anglais?

Non.

Comment ça?

Keske je ferais avec un scooter en anglais?

24-5-31

Merci!

Il rangea le téléphone dans sa poche, déverrouilla le cadenas et enfourcha l'engin.

Anna

Assez étrangement, la première réaction d'Anna
en fut une de soulagement. Sa mère n'avait rien.
Cette histoire d'étourdissements et de maux de
tête n'était qu'une ruse d'Hervé pour qu'elle le
suive sans poser de questions. La ruse avait fonc-
tionné, et Anna roulait maintenant vers une destina-
tion inconnue en compagnie d'un type qui n'avait
peut-être aucun scrupule à tuer des enfants. Mais
pourquoi voudrait-il la tuer ? Il ne pouvait tout de
même pas savoir qu'Élie et elle étaient sur ses
traces. En tout cas, il ignorait assurément qu'Anna
venait de le démasquer. Cette pensée lui donna
de l'espoir. Il y avait toujours moyen de s'en sortir.
Prétexter une envie de pipi, lui demander de s'arrêter à la prochaine station-service et, là, sortir de la

voiture et courir chercher du secours. D'une voix qu'elle voulait normale, elle demanda :

– On arrive dans combien de temps à l'hôpital ?

– Un petit quart d'heure.

Peut-être était-ce un effet de son imagination, mais il lui sembla qu'Hervé avait prononcé ces mots d'un ton qu'elle ne lui connaissait pas. Elle remarqua aussi que les traits de l'homme s'étaient durcis. Elle continua néanmoins à jouer l'innocence.

– Est-ce qu'il y a une place où on pourrait arrêter ? J'ai une envie pressante.

– Non.

– Quoi ?

– Non, je ne pense pas que tu aies une envie pressante.

– Mais...

– Anna, Anna... je pense qu'on peut arrêter de jouer, là. Je sais que tu te prends pour une grande comédienne, que tu penses être une très bonne menteuse, et tu as peut-être raison, mais moi, je suis directeur d'école depuis dix ans, et j'ai été prof pendant quinze ans avant ça. Mon détecteur de *bullshit* est à peu près infaillible.

Anna poussa un soupir. Continuer de faire semblant eût été idiot.

– Mais comment...

– Comment j'ai fait pour savoir que tu te mêlais de mes affaires ?

– Oui.

– J'imagine que je peux satisfaire ta curiosité. Après ça, c'est toi qui vas satisfaire la mienne en m'expliquant comment tu en es venue à te mêler de mes affaires.

Hervé marqua une pause, comme s'il rassemblait ses idées, puis il poursuivit :

– Pour commencer, j'ai su que tu étais allée au lac Adélard, malgré mes avertissements. Si ce petit crétin de Tristan Saint-Yves n'avait pas démoli le VTT de son père, je n'aurais sans doute pas entendu parler de ton escapade mais, comme tu le sais, c'est le sujet de l'heure au village.

– C'est vrai, je suis allée au lac. Mais c'est pas parce que...

– Et là, hier soir, je reçois un message de ma belle-sœur. Elle me raconte qu'une certaine Rebecca Doppelmeyer, de Charette, veut lui acheter une toile, et elle me demande si je connais la Rebecca en question. En partant, le fait que quelqu'un songe à acheter une des croûtes de Mado, c'est très louche. Mais franchement, Anna... Rebecca Doppelmeyer? De tous les noms que tu aurais pu sortir, tu choisis celui du personnage principal de ton film préféré.

— T'as vu *Ghost World*?

L'étonnement d'Anna était sincère. Elle n'en revenait tout simplement pas.

— Il se trouve que oui. J'ai vu le poster dans ta chambre et j'ai eu la curiosité de le regarder.

— Pourquoi?

— Pour te comprendre un peu mieux, j'imagine. Connaître ton univers. Je pensais que ça allait m'aider à t'apprivoiser. Tu me croiras peut-être pas, mais je suis réellement amoureux de ta maman, et j'avais l'espoir qu'on puisse former une sorte de famille, elle, toi et moi.

— T'as raison, je te crois pas.

Sur le bord de la route, une pancarte annonçait «Camp lac Vert», et une autre indiquait que l'on était à cinq kilomètres de Saint-Élie-de-Caxton. Ils se trouvaient donc à Saint-Mathieu-du-Parc, estima Anna. Ils ne tarderaient pas à traverser l'agglomération, et ils allaient forcément y croiser des gens. Anna pourrait alors crier à l'aide, cogner dans les vitres de la voiture, faire des signes de détresse. Cependant, Hervé bifurqua à gauche dans une petite route forestière, juste avant le panneau disant «Bienvenue à Saint-Mathieu-du-Parc.» Anna eut le temps d'apercevoir un petit oiseau bleu perché sur le panneau. Une perruche. Malgré l'horreur de sa propre situation, elle eut un pincement au cœur à la vue de cet oiseau promis à une mort certaine. Les perruches ne sont pas faites pour vivre en liberté sous nos latitudes. Le maître de celle-ci avait sans doute laissé une fenêtre ouverte par inadvertance.

Ils étaient maintenant en plein cœur de la forêt. La chaussée était en mauvais état et l'on ne pouvait guère rouler à plus de quarante kilomètres-heure. Anna se demanda ce qui arriverait si elle ouvrait la portière et qu'elle se jetait de la voiture. Elle se ferait mal, bien sûr, mais elle serait peut-être quand même en mesure de courir. Mais pourrait-elle distancer Robot? Elle constata alors que sa portière était verrouillée. Défaire sa ceinture de sécurité, déverrouiller la portière et l'ouvrir avant que Robot n'intervienne ? Impossible.

— C'est correct que tu ne me croies pas. Mais c'est la vérité, Anna. Je m'étais sincèrement attaché à toi…

— Où est-ce que tu m'emmènes ?

— Dans un endroit tranquille, quelque part entre Saint-Mathieu et Saint-Alexis. Le nom ne te dirait rien.

Assez absurdement, il vint à l'esprit d'Anna cette blague immonde qu'elle avait entendue dans un film dont elle ne se rappelait plus le titre. Un maniaque kidnappe un petit garçon et l'emmène dans la forêt. La nuit commence à tomber et le petit garçon dit : « J'ai peur. » L'homme répond : « Arrête de te plaindre, et pense un peu à moi qui vais revenir seul. »

Robot allait revenir seul tout à l'heure, et elle, Anna, serait enterrée quelque part dans la forêt. Ou il abandonnerait tout simplement son cadavre, et les bêtes la dévoreraient. Elle sentit une boule monter dans sa gorge et ses membres s'engourdir. Elle éprouvait une envie quasi irrépressible de hurler, mais elle parvint à se contenir.

— T'es pas obligé de faire ça, tu sais…

– Sinon quoi, Anna ? On retourne à la maison et on fait comme si de rien n'était ? Tu me donnes ta parole que tu ne me dénonceras pas, que tu ne parleras jamais de ce que tu crois savoir à mon sujet, et moi, je suis censé te faire confiance ?

Elle n'avait rien à répondre à cela. Elle se souvenait de ce que l'homme avait dit un peu plus tôt au sujet de son détecteur de *bullshit*, et elle le croyait sur parole. Elle se contenta de demander :

– Tu les as tous tués ?

– Ça dépend de ce que tu entends par « tous ».

– Julie Camirand, Marianne Saint-Denis, Patrick Lutzky, Denis Lamontagne. Et Rose-Marie.

– Hum. Denis se porte très bien. En tout cas, il se portait bien aux dernières nouvelles. Ça fait longtemps qu'il ne s'appelle plus Denis, par contre.

– Il est où ?

– Il est rendu fermier en Australie. Il élève des abeilles dans le coin d'Adélaïde. Mais qu'est-ce que ça peut te faire ?

– Vous avez partagé les 2,7 millions et vous avez assassiné les autres.

– Je vois que tu es bien renseignée. C'est un peu plus compliqué que ça, mais disons que ça résume la situation. Je suppose que tu ne me croirais pas si je te disais qu'au départ j'avais réellement l'intention de me contenter des 100 000 $ qu'ils m'offraient pour mon aide. Mais les choses ne se déroulent pas toujours comme on voudrait. Pour commencer, il a fallu que je me débarrasse de la petite attardée mentale, et...

— C'était pas une attardée mentale ! Et, non, il a pas « fallu » que tu t'en débarrasses.

— Je te jure que j'avais pas le choix.

— On a toujours le choix.

Robot eut un reniflement de mépris.

— C'est ce que ta longue expérience de la vie t'a appris ? Permets-moi d'être en désaccord. Je pense au contraire qu'on n'a jamais le choix, qu'on est sur des rails de la naissance à la mort, que le libre arbitre est une illusion. Mais peut-être que je te perds, là ?

— Je suis pas stupide.

— C'est vrai. Par contre, t'es loin d'être aussi intelligente que tu le penses. Pour en revenir à ce que je disais, il a fallu que je me débarrasse de l'attardée. Après ça, il a fallu que je tombe sur Marianne en revenant de l'enterrer. Elle cherchait la petite, justement. Julie commençait à s'inquiéter. Je ne sais pas ce qui a éveillé ses soupçons, c'était tout de même pas écrit dans ma face que je venais de tuer quelqu'un. Ou peut-être que ça l'était? Après ça, évidemment, il a fallu qu'elle aille...

— Et Sarah Langlois?

— Hein?

— Tu l'as tuée, elle aussi?

Robot ne répondit pas, il poussa un long soupir et son regard sembla se perdre dans le lointain. Il demeura silencieux pendant quelques minutes, plongé dans ses souvenirs. «Sarah», finit-il par murmurer. Puis ses yeux s'embuèrent. Anna songea qu'elle devait profiter de ce changement d'humeur pour tenter de le raisonner à nouveau, lui dire que tout pouvait encore s'arranger. Mais déjà Robot s'était ressaisi. Il se tourna vers elle et dit:

— C'est à ton tour de répondre à mes questions. Prends ma mallette sur le siège arrière.

Comme Anna ne réagissait pas, il répéta son ordre, cette fois en détachant les syllabes. Elle décida qu'il valait mieux obéir. Elle se retourna pour prendre l'objet, fit mine de ne pas y arriver à cause de sa ceinture, la détacha d'un geste furtif, prit la mallette et regarda Robot d'un air signifiant : « Et après, je fais quoi ? » Il lui indiqua la combinaison à trois chiffres permettant de déverrouiller la valise. Anna songea qu'il était ridicule pour le directeur d'une école primaire de posséder une mallette qui se barre. Elle tourna les molettes, débloqua le verrou et souleva le couvercle. La mallette ne contenait qu'un objet : le journal intime de Rose-Marie. Ainsi, c'était lui qui l'avait volé dans son sac.

Comme s'il suivait le cours des pensées de la jeune fille, Robot dit :

— C'est une bonne chose que tu laisses toujours traîner ton sac dans le portique. Pour continuer mon histoire de tout à l'heure, quand Mado m'a contacté pour me parler de cette Becky Doppelmeyer, j'ai su qu'il s'était passé quelque chose au lac Adélard. J'avoue que j'ai un peu paniqué. J'ignorais ce que tu savais, au juste. C'est là que j'ai eu l'idée de fouiller dans tes affaires, au cas où tu aurais ramené quelque chose de là-bas. J'ai donc inventé un prétexte pour me présenter chez toi avant que tu te lèves. Pendant que Marie-Hélène prenait sa douche, j'ai inspecté ton sac.

Mon instinct ne m'avait pas trompé. Sauf que ça, c'est la dernière chose que je me serais attendu à trouver. Et là, tu vas m'expliquer comment ce cahier est arrivé entre tes mains.

– C'est Rose-Marie qui me l'a donné.

– C'est impossible.

– Il arrive plein de choses impossibles autour du lac Adélard. T'as sûrement remarqué.

– Mais j'ai jeté cet objet au feu il y a trente ans. Je l'ai vu brûler de mes yeux! Comment est-ce qu'il peut être ici, en ce moment?

– Qu'est-ce que tu veux que je te dise?

Au lieu de répondre, Robot ralentit et regarda autour de lui d'un air contrarié.

– On devrait déjà avoir rejoint le chemin Saint-Édouard…, marmonna-t-il.

La voiture ne roulait plus qu'à vingt kilomètres-heure, et Anna songea que c'était le moment ou jamais pour tenter d'échapper à son ravisseur. Il n'avait pas remarqué qu'elle s'était défaite de sa ceinture de sécurité. Elle avait toujours la mallette sur ses genoux. Elle visualisa l'enchaînement des gestes : le frapper de toutes ses forces au visage avec la mallette, profiter de l'effet de surprise pour déverrouiller la portière et sauter de la voiture, s'enfoncer dans la forêt et courir jusqu'à tomber d'épuisement, en espérant semer son poursuivant. C'était jouable. Mais à l'instant où elle allait agir, Robot poussa un juron et accéléra brusquement.

Puis, après avoir roulé beaucoup trop vite pendant quelques minutes, il ralentit à nouveau, poussa un autre juron (à trois syllabes, cette fois) et réaccéléra dans la direction opposée.

Anna sentit son téléphone vibrer plusieurs fois dans sa poche. Nouveaux messages. Apparemment, ils venaient d'entrer dans une zone où le signal des tours de télécommunication se rendait. Le téléphone de Robot vibra également, ce qui eut pour effet d'agacer ce dernier.

– On n'est pas censés avoir de réseau ici, j'ai jamais eu de signal dans le coin du lac Magnan.

Incrédule, il prit son téléphone et consulta son GPS. Il poussa encore un juron et s'écria :

– Voyons donc, on est où ?

Anna n'avait aucune idée de ce qu'était ce lac Magnan. Peut-être Robot y possédait-il un chalet ou un terrain. Ou peut-être était-ce simplement un endroit isolé qu'il connaissait, le genre d'endroit où l'on peut tuer une personne et disposer de son cadavre sans se faire embêter.

Elle serrait la poignée de la mallette, prête à agir dès que la voiture roulerait à nouveau sous les cinquante kilomètres-heure. Dans l'intervalle, elle se dit qu'elle n'avait rien à perdre à tenter à nouveau de raisonner Robot.

— On devrait rentrer à la maison...

— C'est hors de question, je te l'ai dit tout à l'heure.

— Mais qu'est-ce que tu vas faire après m'avoir tuée?

— T'enterrer. Mais est-ce qu'on est obligés d'en parler?

— Je veux dire... qu'est-ce que tu vas faire après m'avoir tuée et enterrée? Tu vas juste rentrer chez toi?

— Quelque chose comme ça.

— Et tu penses pas que les gens vont me rechercher?

— J'imagine que oui. Et tu peux être certaine que je vais participer activement aux recherches. Je vais même sortir de l'argent de ma poche pour la récompense. Mais regarde, ça fait trente ans qu'ils recherchent la petite attardée. Ça doit vouloir dire que je suis bon pour cacher un cadavre.

— C'était facile pour Rose-Marie, t'avais aucun lien avec elle. Personne savait qu'elle était au lac Adélard. Si je disparais, moi, les policiers vont te poser des questions.

— Personne ne nous a vus quitter l'école ensemble, j'ai pris mes précautions.

— Les gens vont tout de même se souvenir que t'étais pas au travail le matin de ma disparition. Les policiers vont vouloir vérifier ton alibi.

— J'ai déjà pensé à ça, merci de t'inquiéter.

— Et pour les cadavres sous l'appentis de la cabane à sucre ?

— Qu'est-ce que tu veux dire ?

— Élie et moi, on sait qu'ils sont là. On avait décidé d'appeler la police pour leur en parler. Élie l'a peut-être déjà fait.

Cette dernière affirmation était bien sûr un mensonge. Mais peut-être que si Robot comprenait que sa situation était désespérée, il l'épargnerait et déciderait de se rendre.

— Rien ne me relie à ces cadavres. Ils sont enterrés sur une propriété appartenant à ma fa-

mille, mais n'importe qui peut aller enterrer des cadavres là.

— T'oublies le journal de Rose-Marie.

— Il est ici avec nous, et je vais le jeter au feu
après en avoir fini avec toi.

— Tu l'as déjà jeté au feu…

— Et j'ai eu la paix pendant trente ans après ça.
Si je pouvais avoir la paix pendant un autre trente
ans, ça me mènerait à quatre-vingt-sept ans. Après
ça, advienne que pourra.

— On a fait des copies.

Robot arrêta la voiture sur le bord de la route,
même si la largeur de la chaussée ne le permettait pas vraiment. Son crâne chauve était rouge, sa
respiration saccadée, et Anna pouvait voir le sang
pulser dans une grosse veine sur sa tempe. Elle
réalisa qu'elle l'avait mis en colère et qu'il s'agissait
sans doute d'une gaffe. Elle réalisa surtout cette
autre gaffe qu'elle venait de faire : elle avait attiré
l'attention de Robot sur Élie. Dès qu'il en aurait fini
avec elle, il irait s'en prendre à lui. Elle devait à tout
prix empêcher que cela n'arrive. Mais comment ?

— Répète ce que tu viens de dire.

Elle savait qu'il était inutile de mentir.

– On a copié le journal. On a photographié chacune des pages. J'ai gardé l'original et Élie a gardé les photos.

Pendant qu'elle prononçait ces paroles, Anna aperçut à nouveau la perruche qu'elle avait vue tout à l'heure à l'entrée de Saint-Mathieu. Elle était perchée sur une branche et jabotait gaiement. Mais c'était impossible. Ils avaient roulé pendant un bon quart d'heure sur cette route. La perruche ne les avait tout de même pas suivis.

Puis elle se souvint de la description que Rose-Marie faisait de son oiseau dans sa lettre à Sarah. C'est une ondulée bleu poudre avec la tête et les ailes blanches et ses taches auriculaires sont bleu foncé. La perruche dans l'arbre correspondait en tous points à ce portrait. Molie. Mais cela aussi était impossible. C'est alors qu'elle distingua la silhouette dans la forêt. Elle ne la vit qu'une fraction de seconde – image furtive d'une jeune femme aux cheveux noirs avec des fleurs blanches dans les cheveux –, car c'est à cet instant que Robot la frappa. Le revers de la main entra violemment en contact avec son visage et le sang gicla. C'était la première fois de sa vie que quelqu'un la frappait, et pourtant elle n'éprouva ni surprise ni douleur. L'adrénaline la rendait insensible. Elle répliqua aussitôt. La mallette décrivit un arc et vint percuter l'arête du nez de Robot. Anna déverrouilla la portière, sortit de la voiture et courut dans la forêt.

Hervé

À la seconde où il fut trop tard pour retenir son geste, il regrettait déjà d'avoir frappé Anna. Il s'était juré de ne pas perdre son sang-froid. Surtout, il y avait maintenant du sang de l'adolescente dans la voiture. Il savait que même s'il nettoyait l'habitacle à fond, il resterait toujours des traces invisibles à l'œil nu. Mais personne n'inspecterait sa voiture. Enfin, s'il arrivait à mettre la main sur Élie Bournival avant que celui-ci ne fasse le lien entre lui et le Robot du journal intime. Rose-Marie Gagnon avait mis une bonne semaine avant d'allumer. Hervé estimait qu'il disposait d'environ vingt-quatre heures. Du moins, il l'espérait. Et si Élie avait l'idée de poser des questions aux gens du village («Vous souvenez-vous d'un type qu'on surnommait Robot dans les années 1980 ? »), il n'obtiendrait pas de réponses. Personne à Charette ne le connaissait sous ce nom. Seuls ses amis de Montréal l'appelaient comme ça. C'était Lutzky, évidemment, qui avait sorti ça, et tout le monde l'avait trouvée bien bonne. Pat Lutzky était la seule personne qu'Hervé avait réellement pris plaisir à tuer. Pour les autres, il avait agi par nécessité. Il n'était pas un meurtrier. Il avait assassiné cinq personnes, avait disposé de leurs cadavres et, pourtant, il pouvait le jurer en son âme et conscience : il n'était pas un meurtrier. S'il en était un, tout le monde en était un, car n'importe qui peut tuer si les circonstances l'y obligent.

Il aurait voulu que cela se passe bien avec Anna, que sa mort soit la plus douce possible. Il avait emporté des sédatifs. Il lui aurait demandé de les prendre et aurait attendu qu'elle dorme pour l'étrangler. Il aurait voulu que tout se déroule dans le calme et dans l'ordre. Sauf que quelque chose clochait, et cela le rendait nerveux. Il était venu des dizaines de fois au lac Magnan, mais il ne reconnaissait pas les environs. Il avait pris le bon virage, il en était sûr. Cette route aurait dû, normalement, le mener au chemin Saint-Édouard et, de là, au chemin du Lac-Magnan, mais il n'avait croisé aucun des points de repère habituels. Commençait-il à perdre contact avec la réalité, comme il le craignait parfois?

Quelque chose n'allait pas et cela le rendait inhabituellement irritable. Tout de même, il n'aurait pas dû frapper Anna. Il s'apprêtait à lui dire qu'il regrettait, mais que, bon, elle l'avait un peu cherché en le poussant à bout, quand son visage entra violemment en contact avec un objet dur. Il entendit son nez craquer et sentit le sang se mettre à couler. Il vit la mallette près de la boîte de vitesse, il vit la portière du côté passager ouverte, il vit Anna s'enfoncer dans la forêt en courant.

Il s'élança à sa poursuite.

Anna

La fine couche de neige de la veille avait presque entièrement fondu, et le sol était boueux et parsemé de vastes flaques d'eau, ce qui rendait la progression difficile. Anna perdait pied souvent, mais elle ne ralentissait pas la cadence. Elle ne prenait même pas le temps de jeter un œil par-dessus son épaule pour voir si Robot la poursuivait. Elle savait qu'il était là. Elle avait frappé de toutes ses forces, mais cela n'était pas encore suffisant pour assommer un homme. Il était derrière elle, et si elle continuait de courir en ligne droite comme elle le faisait, il finirait par la rattraper. Elle savait qu'Hervé était capable de courir longtemps et rapidement (en 2015, il avait terminé le marathon de New York en quatre heures et deux minutes, comme il aimait le rappeler chaque fois que l'occasion se présentait). Mais que pouvait-elle faire d'autre ? Les arbres étaient presque nus à cette époque de l'année, et il était impossible de se mettre à couvert.

Au bout de quelques centaines de mètres de course effrénée, Anna émergea de la forêt et arriva près d'une voie ferrée. À sa gauche, au loin, elle aperçut une petite boîte métallique fixée à un poteau de métal. Au-delà, de l'autre côté de la voie, un sentier assez large pour permettre le passage d'une voiture s'enfonçait dans la forêt. Elle s'y engagea. Suivre un sentier n'était certes pas une tactique très brillante, mais elle n'en pouvait plus de courir à travers les arbres et les ronces. L'adrénaline l'empêchait de ressentir les effets de l'essoufflement, mais elle savait que cela ne durerait pas indéfiniment. Peut-être ce sentier menait-il à une habitation ? Il le fallait.

Soudain, près d'elle – trop près –, un cri déchira le silence de la forêt.

– Non ! Non ! C'est impossible !

Hervé

Hervé arrêta de courir et considéra les alentours avec incrédulité. C'était impossible. Cette voie ferrée n'avait rien à faire là. Le train ne passait pas à Saint-Mathieu-du-Parc. Et ces grands pylônes non plus ne devaient pas se trouver là. Mais Hervé savait déjà qu'il n'était pas à Saint-Mathieu. Son GPS le lui avait confirmé un peu plus tôt. D'ailleurs, le simple fait qu'il ait été en mesure de consulter son GPS prouvait qu'il ne se trouvait pas aux abords du lac Magnan. Il s'approchait d'un autre lac, beaucoup plus petit, mais beaucoup plus effrayant.

Il n'était pas retourné au lac Adélard depuis l'été 1989. Depuis le 1er juillet 1989, plus précisément, le jour où lui et Denis avaient enterré les corps et s'étaient partagé le magot. Il s'était juré de ne plus y remettre les pieds. Il avait vendu ses parts à son frère pour presque rien et, depuis la mort de ce dernier, en 2011, la propriété appartenait à sa veuve.

Comme tout le monde au village, Hervé avait entendu les rumeurs sur les choses étranges que certaines personnes avaient vues ou entendues près du lac au cours des années. Il avait surtout entendu parler de cette petite fille tenant une cage d'oiseau dont on apercevait parfois la silhouette sur la voie ferrée. Il s'était efforcé de dresser une barrière mentale contre ces histoires, mais il lui arrivait tout de même, les soirs d'insomnie, de serrer les dents et d'éprouver une colère irrationnelle envers Sarah et, surtout, envers cette petite attardée mentale, toujours à babiller et à s'extasier devant le moindre objet. Pourquoi les morts ne pouvaient-ils pas rester morts ? Rose-Marie Gagnon avait à peine résisté quand il l'avait étranglée, elle l'avait fixé de ses grands yeux noirs, et il y avait eu quelque chose comme de la commisération dans son regard, comme si elle lui pardonnait déjà ce qu'il était en train de faire.

Il s'était juré de ne jamais revenir ici ; il ignorait comment il y était atterri (plus de vingt kilomètres séparaient son camp du lac Magnan de son ancienne propriété du lac Adélard), mais cela n'avait pas d'importance. Il tuerait Anna ici et il l'enterrerait avec les autres, voilà tout. D'ailleurs, elle venait d'emprunter le sentier menant à l'érablière. Il n'aurait pas à transporter le cadavre sur une trop longue distance.

Il s'élança à nouveau à la poursuite d'Anna. Juste avant de s'engager dans le sentier menant à l'érablière, il vit une petite perruche blanche et bleu ciel perchée sur une borne près de la voie ferrée.

— Toi aussi, t'es revenu ? cria-t-il à l'oiseau d'un ton mauvais.

Il ramassa une pierre dans le ballast et la lança à la perruche. Il la rata d'un bon mètre.

Anna

Elle ne tiendrait plus très longtemps. Elle avait du mal à respirer et elle sentait la panique la gagner. Le sentier allait en montant, et cette légère déclivité hypothéquait démesurément ses réserves d'énergie. Elle arriva à une bifurcation. Tourner à gauche ou continuer tout droit ? Son instinct d'animal traqué lui suggérait de courir en ligne droite, mais le sentier de gauche lui semblait moins abrupt, aussi l'emprunta-t-elle.

Derrière, Robot lui criait de s'arrêter, qu'il ne lui ferait aucun mal, que tout pouvait encore s'arranger. Pourquoi perdait-il son souffle à proférer des mensonges si patents ? Au bout du sentier, Anna distingua la masse d'un bâtiment. Une cabane à sucre. Elle eut un petit sursaut d'espoir, mais vraiment tout petit, car il était très peu plausible que quelqu'un s'y trouve à cette époque de l'année. Il s'agissait d'une longue bâtisse rectangulaire percée de quelques rares fenêtres. Les murs étaient faits de planches de bois vermoulu. Le toit, légèrement incliné et surmonté d'une cheminée de briques rouges, était en tôle rouillée. Aucun sentier, hormis celui par lequel elle était arrivée, ne repartait du bâtiment. Il était hors de question qu'elle revienne sur ses pas. Elle allait devoir à nouveau s'enfoncer dans la forêt, et cette perspective la démoralisait.

Alors qu'elle contournait la grande cabane, elle glissa dans la gadoue et perdit pied. Sa tête cogna durement contre une des poutres de soutènement de l'appentis. Un flash rouge éclata devant ses yeux. Anna eut le temps de penser, confusément, qu'elle ne pouvait pas se permettre de perdre connaissance avec un monstre à ses trousses. Elle perdit tout de même connaissance.

Élie

Comme il l'avait estimé, cela lui prit un peu moins de trois quarts d'heure pour faire le trajet séparant l'école de chez lui. Il courut vers le hangar, y rangea le scooter de Maxence et enfourcha son Tao Tao. À sa mère qui sortit sur la galerie pour lui crier : « T'es pas censé être à l'école, à cette heure-là ? », il répondit par un simple hochement de tête. Oui, en effet, il était censé être à l'école. Il fit démarrer le moteur et, le poussant à la limite de sa capacité, il mit le cap sur le lac Adélard.

La barrière « Propriété privée. Défense de passer » à l'entrée du chemin menant au lac Adélard était grande ouverte comme d'habitude. Élie s'y engagea. Il roulait aussi vite que son VTT le lui permettait. Il entendait les pièces du moteur claquer les unes contre les autres, et la vibration lui faisait mal aux mains. Il vit à la dernière seconde la voiture au milieu du chemin, juste après le dernier virage. Il freina à temps pour l'éviter. Il connaissait cette voiture. La Chrysler 300 de M. Cossette. Il contempla le véhicule d'un air perplexe, essayant de trouver une explication à sa présence en ce lieu. Élie décida qu'il n'y avait qu'une explication possible : Anna avait réussi à échapper à la vigilance de Robot et avait pu utiliser son téléphone pour demander de l'aide. Elle avait envoyé un message de détresse au petit ami de sa mère, lequel était accouru. Élie fut légèrement vexé qu'Anna ne l'ait pas appelé à l'aide, lui. Puis il se dit qu'elle n'avait sans doute disposé que de quelques secondes, et qu'elle avait préféré envoyer son SOS à un adulte. Quelqu'un de grand et de fort. Enfin, Élie était là lui aussi, et il ferait tout ce qu'il pourrait pour aider le directeur à tirer Anna des griffes de Robot.

Il coupa le moteur du Tao Tao, débarqua et s'approcha de la voiture. Il constata alors que la portière côté passager était ouverte, et que deux séries de traces de pas s'éloignaient du véhicule et s'enfonçaient dans la forêt. Mais pourquoi Anna avait-elle couru depuis la voiture de M. Cossette ?

Par ailleurs, la deuxième série de traces avait-elle été laissée par ce dernier ? Sans doute, mais alors pourquoi la jeune fille et le directeur avaient-ils abandonné la voiture pour s'enfuir dans la forêt ? Un doute affreux commença à s'immiscer dans l'esprit d'Élie, mais il le repoussa. C'était absurde. Tout de même, il prononça le nom du directeur à voix haute. Hervé Cossette. Non, aucun lien entre ce nom et le surnom « Robot ».

Il remarqua un objet noir entre les deux sièges avant de la Chrysler. Une mallette. Il se pencha dans l'habitacle pour examiner la chose de plus près. L'un des coins de la mallette était souillé d'une matière poisseuse. Du sang. Qui avait frappé qui ? Voyant que les verrous de la mallette étaient levés, il l'ouvrit. Ce qu'il découvrit à l'intérieur le médusa. Que faisait le journal de Rose-Marie Gagnon dans la mallette du directeur d'école ? L'affreux doute se changea en quasi-certitude. Il ne comprenait toujours pas le lien que Rose-Marie était parvenue à établir entre « Hervé Cossette » et « Robot », mais il verrait cela plus tard.

Cette pensée idiote vint alors percer la surface de sa conscience : comment ce type qui avait vraisemblablement assassiné six personnes avait-il pu lui faire la morale parce qu'il avait poussé Brian en bas de la butte l'hiver passé ?

Il courut dans le sentier qui débouchait sur la voie ferrée. Il n'eut aucun mal à trouver l'endroit où Anna et son poursuivant avaient traversé. Il emprunta à leur suite le chemin menant à la vieille cabane à sucre. Élie ne savait pas encore ce qu'il ferait quand il tomberait sur Robot. L'homme était beaucoup plus grand et beaucoup plus fort que lui. Sans compter qu'il était peut-être armé. Élie ignorait comment il s'y prendrait pour l'arrêter, mais il ne voulait pas y penser pour le moment. Il savait seulement qu'il ne le laisserait pas faire du mal à Anna.

Anna

Anna se trouvait dans un endroit sombre et humide quand elle reprit conscience. Elle était étendue sur une couchette qui sentait le moisi, et sa tête reposait sur un oreiller de fortune en jute. Elle se redressa sur son séant et examina son environnement. Son crâne la faisait souffrir et sa vision était brouillée. Elle crut d'abord qu'elle se trouvait dans le grand bâtiment au toit de tôle. Mais cet endroit était beaucoup plus exigu. Où était-elle et, surtout, qui l'avait transportée là ? Robot, évidemment. Mais dans quel but ? N'aurait-il pas été plus simple de la tuer pendant qu'elle était inconsciente ?

Elle éprouvait une envie quasi irrépressible de fermer les yeux et de s'endormir à nouveau, mais il lui fallait se secouer et partir de là. La porte était sans doute verrouillée de l'extérieur, mais peut-être arriverait-elle à se faufiler par la petite fenêtre.

Un mouvement dans sa vision périphérique fit sursauter Anna. Dans un coin de la pièce se tenait une forme humaine. Anna n'arrivait pas à distinguer les traits de la personne, mais elle savait qu'il ne pouvait pas s'agir d'Hervé Cossette.

– C'est beau, ton collier de chat, je le trouve vraiment beau.

Encore un peu sonnée, Anna ne comprit pas immédiatement ce que la silhouette racontait. Puis elle mit la main à sa poitrine et constata qu'elle portait effectivement son pendentif figurant un chat assis.

– Oh! Ça vient de chez Ardène. Il est à toi si tu le veux…

Elle eut à peine le temps de finir sa phrase qu'elle perdit connaissance à nouveau.

Hervé

Arrivé à la bifurcation, Hervé dut s'accroupir et étudier le sol pendant quelques instants afin de déterminer la direction que l'adolescente avait prise. Il fut soulagé quand il comprit qu'elle avait emprunté le chemin de la cabane à sucre. À partir de la sucrerie, elle serait facile à pister : le bâtiment était situé dans une clairière, et le seul sentier y menant était celui-ci. À moins de revenir sur ses pas, donc de tomber face à face avec son poursuivant, Anna serait forcée de courir encore une fois dans la forêt.

Il déboucha dans la petite clairière et fit le tour de la cabane à sucre dans laquelle il était venu jouer si souvent quand il était petit. Hervé fut étonné de constater qu'aucune série de traces ne partait en direction de la forêt. Elle s'était donc réfugiée dans le bâtiment. Il fut un peu choqué devant tant de stupidité. Il avait toujours considéré Anna comme une fille intelligente, mais voilà qu'elle agissait comme un personnage dans ces films d'horreur débiles. Tenter d'échapper au tueur en se réfugiant dans le premier bâtiment était le contraire d'une bonne idée, tout le monde sait ça.

Il faisait sombre dans la sucrerie, mais cela importait peu. Hervé en connaissait les moindres recoins. Le gros de l'équipement servant à fabriquer le sirop avait été vendu il y avait longtemps, aussi le bâtiment était-il presque entièrement vide, et les endroits où se cacher, peu nombreux. Il s'assura d'abord qu'Anna ne s'était pas accroupie derrière l'un des deux gros barils de bois que l'on avait conservés parce qu'ils ne passaient pas par la porte. Non, elle n'était pas là.

Si elle n'était pas derrière les barils, c'était qu'elle avait emprunté l'échelle artisanale pour se réfugier à l'étage. Elle ne pouvait plus lui échapper. Il devrait tout de même agir avec prudence. Elle l'attendait peut-être en haut de l'échelle avec une arme de fortune, un bout de planche ou un manche de pelle, prête à le frapper dès qu'il aurait atteint le dernier barreau.

– Anna! Je sais que tu es là! Descends. Je ne te ferai pas de mal.

Pas de réponse.

– Bon, OK, oui, je vais te faire du mal. Mais je vais te faire beaucoup moins de mal si tu descends tout de suite.

Toujours pas de réponse. Hervé poussa un feulement de colère et donna un violent coup de poing dans le mur. Il n'avait pas le temps de jouer. Après s'être débarrassé d'Anna, il lui faudrait encore retourner au village pour régler le cas d'Élie Bournival avant qu'il ne soit trop tard.

Que faire alors? Allumer un feu dans la sucrerie afin d'enfumer cette petite peste? L'idée était valable, mais Hervé n'avait rien pour faire du feu. Surtout, on risquait de voir la colonne de fumée depuis le village. Il réfléchissait à une autre solution quand une voix dehors prononça son nom. «Hervé.» Il sentit une décharge électrique lui traverser le corps. Il reconnaissait cette voix. Oubliant complètement l'existence d'Anna, il ressortit de la sucrerie et scruta la forêt alentour.

– Sarah? murmura-t-il.

Élie

Le spectacle qui s'offrit à sa vue quand il déboucha dans la clairière le stupéfia plus que tout ce qu'il avait vu au cours des derniers jours. Faisant dos au bâtiment, le directeur de l'école primaire de Charette fixait un point devant lui dans la forêt et sanglotait comme un enfant. Les sons gutturaux qui s'échappaient de sa gorge avaient quelque chose de terrifiant. Le mucus et les larmes se mêlaient au sang séché sous son nez. Puis, à travers les hoquets et les sanglots, il dit d'une voix étranglée :

— Je regrette tellement... Si tu savais comme je regrette...

Que regrettait-il tant que ça ? La réponse était évidente : il venait de tuer Anna. Rassemblant son courage, Élie cria à l'adresse du directeur :

– Qu'est-ce que tu lui as fait ?

L'homme tourna la tête dans sa direction, le considéra pendant de longues secondes d'un air hébété, comme s'il avait du mal à le replacer puis, d'une voix à peine perceptible, il posa cette question aberrante :

– Élie ? T'es pas censé être à l'école ?

Sans attendre de réponse, Robot tourna à nouveau la tête en direction du point invisible qu'il fixait devant lui.

– Tu sais que j'ai fait ça parce que je t'aimais trop…

Puis, quelques secondes plus tard :

– Je voudrais tellement te croire…

L'homme renifla, puis son visage s'éclaira du sourire le plus effrayant qu'Élie avait vu.

– Où ? demanda Robot.

Il tourna ensuite la tête, comme s'il suivait quelque chose du regard. Le mouvement était si naturel qu'Élie s'y laissa prendre et scruta attentivement la forêt pour voir s'il n'y avait pas réellement quelqu'un ou quelque chose là. Mais il n'y avait rien. Soudain, Robot se mit en marche. Il semblait avoir oublié l'existence d'Élie, car il passa à moins d'un mètre de lui sans lui jeter un regard. Il s'engagea dans le chemin en poursuivant son dialogue avec son interlocuteur imaginaire.

— Comment est-ce que je pourrais l'avoir oubliée ? J'y pense chaque jour.

Élie comprenait que le directeur avait définitivement basculé du côté de la folie, et il soupçonnait que cela pouvait être risqué de déranger un fou en plein délire, mais il cria néanmoins :

— Anna, où est-ce qu'elle est ?

Sans daigner se retourner, Robot fit un geste vague en direction de la sucrerie.

Anna

Anna ne savait pas combien de temps elle avait dormi. Elle se sentait un peu mieux que tout à l'heure, mais vraiment juste un peu. Du moins, elle savait qu'elle ne retomberait pas dans les pommes. Elle se redressa. Une petite fille aux cheveux ondulés et aux grands yeux noirs se tenait debout près de son lit.

— Soy Rose-Marie.

— Je sais. Moi, c'est Anna.

— Je sais. T'as saigné un peu et tu vas avoir une grosse bosse, mais Sarah dit que c'est pas grave. Elle connaît ça, elle étudiait pour devenir infirmière avant. Il faut juste que tu te reposes.

— Il faut que je prévienne Élie qu'Hervé… que Robot…

– Élie, c'est ton ami?

– Oui, c'est mon ami.

– Il est ici, on l'a vu tantôt.

– Il est ici? Mais Robot…

– C'est correct. Sarah va s'occuper de Robot. Elle sait quoi faire.

– Mais, euh… les autres que Robot a tués? Ta maman? Patrick? Marianne?

– Ils sont pas revenus. Sarah dit qu'ils sont au paradis et que nous aussi on va y aller bientôt, quand il va y avoir de la place. Je sais pas si c'est vrai, ou si c'est des menteries pour me consoler.

– Je suis certaine que c'est vrai.

Soudain, des éclats de voix se firent entendre dehors. Un rire de femme, puis une voix d'homme qui disait : «Non, allons plutôt dans le chalet!» Anna reconnaissait cette voix. Elle se raidit et jeta instinctivement un regard vers la sortie. Mais Rose-Marie la rassura à nouveau :

– Inquiète-toi pas. Sarah sait ce qu'elle fait.

Puis elle se tourna vers la fenêtre et écarta les rideaux. Anna alla prendre place à ses côtés.

Hervé

– Je suis désolé, Sarah... je suis tellement désolé... Tu sais que j'ai pas voulu... Je pouvais pas supporter que... toi et lui... Je suis désolé...

C'était bien elle. Elle se tenait debout à l'orée de la clairière et elle lui souriait. Elle était aussi incroyablement belle que dans ses souvenirs. Elle portait son t-shirt des Bruins de UCLA, déchiré et couvert de sang séché ; une large blessure lui barrait la moitié gauche du visage, laissant voir l'os de sa joue ; son œil gauche était crevé ; son cou portait la marque des doigts d'Hervé ; l'os de sa clavicule gauche pointait sous le coton jaune du t-shirt, et les trous dans sa cage thoracique, là où il l'avait poignardée avec le gros tournevis à tête plate, étaient bien visibles. Malgré tout cela, elle était toujours la plus belle fille du monde. Les larmes aux yeux, il la regardait en balbutiant son nom. Il savait qu'elle ne pouvait pas être là, malgré ce qu'il avait lu dans le journal de Rose-Marie Gagnon, il savait que c'était impossible. Et pourtant, c'était bien Sarah.

Il se mit à sangloter pour de bon. Il réalisa (mais il s'agissait d'une diffuse pensée d'arrière-plan) qu'il n'avait pas pleuré une seule fois depuis l'été 1987, qu'il n'avait pas versé une larme depuis cette chaude journée de septembre où il avait tué Sarah. Il pleurait, incapable de s'arrêter, pendant qu'elle (elle!) le regardait d'un air énigmatique. Hervé croyait déceler quelque chose comme de la sollicitude, ou de la tendresse, dans les yeux de Sarah, mais peut-être était-ce simplement ce qu'il souhaitait y voir.

— Je regrette tellement… Si tu savais comme je regrette…, dit-il quand il fut capable d'articuler une phrase.

— Je sais, Hervé.

Elle s'avança d'un pas et lui sourit.

Soudain, un cri retentit à sa gauche.

— Qu'est-ce que tu lui as fait?

Il tourna la tête. Élie Bournival se tenait à l'embouchure du sentier. Que faisait-il là? Hervé dut se concentrer pour se souvenir de ce qu'il était en train de faire avant de rencontrer Sarah. Il pourchassait Anna dans le but de la tuer. Élie était manifestement là pour empêcher cela de se produire. Mais comment était-il arrivé ici?

— Élie? T'es pas censé être à l'école? fut tout ce qu'il trouva à dire à l'insupportable gamin, avant d'oublier à nouveau son existence.

Se tournant vers Sarah, il bafouilla:

— Tu sais que j'ai fait ça parce que je t'aimais trop...

C'était la pure vérité, mais cela sonnait horriblement trivial une fois exprimé en mots. Les choses vraiment importantes semblent toujours triviales une fois exprimées en mots.

— Moi aussi, je t'aimais, Hervé. Je t'ai toujours aimé...

— Je voudrais tellement te croire...

— Tu sais que tu peux me croire.

Puis, elle lui tourna le dos et, par-dessus son épaule, elle lui fit signe du menton de la suivre.

— Où? demanda-t-il.

— Dans le chalet de tes grands-parents. On va être plus tranquilles. Tu vas faire un feu, on va s'asseoir et on va parler. Comme dans le temps. Tu te souviens de la première nuit qu'on avait passée dans le chalet? C'était pendant les perséides.

— Comment est-ce que je pourrais l'avoir oubliée? J'y pense chaque jour.

Sarah lui sourit, puis elle s'engagea dans le sentier descendant au lac. Hervé la suivit. Derrière lui, Élie Bournival lui criait quelque chose. Il voulait savoir où était Anna. Sans se retourner, Hervé désigna la sucrerie.

Élie

Élie se précipita dans le bâtiment en criant le nom de son amie. N'obtenant pas de réponse, il sentit la panique l'envahir. Il monta à l'étage, mais Anna ne s'y trouvait pas. La sucrerie était certes un grand bâtiment, mais il n'y avait pas beaucoup d'endroits où – dissimuler un corps – se cacher. Par acquit de conscience, Élie souleva le couvercle des deux gros barils de bois. Voulant éclairer l'intérieur avec la lumière de son téléphone, il vit qu'il avait reçu un message d'Anna. Il poussa un long soupir, et la quantité d'air qu'il expulsa lui fit réaliser qu'il retenait son souffle depuis beaucoup trop longtemps. D'un doigt tremblant, il toucha la petite bulle de conversation. Le message avait été envoyé un quart d'heure plus tôt et disait simplement :

Je vais bien. Ne t'approche pas de lui.

T'es où?

Il poussa un autre grand soupir en voyant les points de suspension indiquant qu'Anna était en train de lui répondre.

Au lac. Toi?

À la cabane à sucre. J'ai suivi tes traces. Je l'ai vu. On dirait qu'il se dirige vers le lac. Sauve-toi.

Je suis en sécurité. C'est bientôt fini. Reste où tu es.

Non! T'es pas en sécurité. Il est fou. Il se parle tout seul. Sauve-toi!

Cette fois, il n'y eut pas de réponse. Il sortit de la sucrerie et courut en direction du lac.

Il rejoignit Robot alors que celui-ci arrivait près du chalet de sa grand-mère. Il ralentit le pas afin de demeurer à une bonne distance de l'homme.

Robot poursuivait sa conversation avec la personne qu'il s'imaginait voir devant lui. Son regard se dirigea vers le lac, puis il cria :

— Non, allons plutôt dans le chalet ! Je vais préparer le feu.

Hervé

Hervé la suivait dans le sentier, hypnotisé par le mouvement de ses hanches, par ses cheveux noirs, par l'extrême blancheur de sa peau qui contrastait avec le coton jaune du t-shirt. De temps en temps, elle se tournait vers lui et lui souriait d'un air mutin. Une petite voix dans la tête d'Hervé lui répétait que tout cela n'était pas réel, que Sarah Langlois était morte et enterrée, mais il ne voulait pas entendre cette petite voix. Il réalisait vaguement qu'il avait laissé filer Anna et Élie, et que la police était peut-être déjà à ses trousses, mais cela ne comptait pas. Seule Sarah comptait. Elle et lui avaient peut-être encore une chance de s'enfuir à l'étranger. Il avait de l'argent. Plus d'un demi-million de dollars dans un compte secret à Jersey. Ils pourraient faire comme Denis et aller élever des abeilles en Australie. Ou n'importe quoi, cela n'avait pas d'importance.

Arrivée aux abords du lac, Sarah s'arrêta. Puis elle enleva ses vêtements et courut en direction du petit point d'eau en riant. Elle n'avait tout de même pas l'intention de se baigner !

– Non, allons plutôt dans le chalet ! Je vais préparer le feu.

– On va aller dans le chalet après.

– Mais l'eau est trop froide…

Elle répondit par un haussement d'épaules et un large sourire. Le jour où il l'avait rencontrée, Hervé avait pensé que le sourire de Sarah ressemblait un peu à celui du Joker. Sa bouche était beaucoup trop grande, ses lèvres trop pleines. Il l'avait trouvée presque laide alors. Et pourtant, depuis qu'il l'avait perdue, il recherchait ce sourire chez toutes les femmes.

– Qui m'aime me suive, lui lança-t-elle avant de courir dans l'eau glacée.

Il la suivit.

Anna

Elle se rendit compte qu'elle serrait la main de
Rose-Marie dans la sienne, et la pensée suivante
lui traversa fugitivement l'esprit : « Sa main est
chaude. Est-ce que les fantômes ne devraient pas
avoir la peau froide ? » Elle serrait la main de Rose-
Marie et regardait par la petite fenêtre l'étrange
spectacle qui se déroulait près du lac. Cette
grande fille, blême et mutilée, venait d'entrer dans
le lac et nageait sur place en souriant au directeur.
Ce dernier, dans l'eau jusqu'aux cuisses, poussait
de petits grognements de douleur et de surprise
à mesure qu'il avançait. Mais il avançait tout de
même. Puis, rassemblant son courage, il s'immer-
gea d'un coup et alla rejoindre la fille. Anna vit alors
l'eau du lac, qui était déjà noire comme de l'encre,

devenir soudainement plus noire encore. Elle savait qu'elle ne reverrait plus jamais un noir aussi absolu de sa vie, à moins d'aller dans une mine très profonde ou alors dans l'espace. Elle tourna la tête vers Rose-Marie pour s'assurer que la fillette avait bien vu la même chose qu'elle. Mais le visage de sa nouvelle amie était indéchiffrable. Anna y décelait quelque chose comme un mélange de chagrin et d'appréhension.

– Qu'est-ce qui va se passer? demanda-t-elle à Rose-Marie.

– Sarah pense que la chose dans le lac va prendre Robot et l'emmener avec elle.

– La chose dans le lac?

– Je ne l'ai jamais vue, mais je sais qu'elle est là. Une fois, je me suis baignée avec Marianne et je savais qu'elle nous regardait de très, très loin. Sarah dit qu'elle est là depuis toujours. Moi je pense que ça existe pas, être là depuis toujours, mais peut-être que Sarah a raison.

– Et pourquoi Sarah pense que la chose dans le lac va prendre Robot?

– Je sais pas. Mais il faut faire confiance à Sarah. Elle comprend beaucoup de choses. C'est mon amie. Toi aussi, tu es mon amie, et si jamais on ne se revoit plus, je voulais te dire merci pour le collier de chat. Mais je peux te le redonner si tu veux le ravoir.

– Non. Il est à toi. Disons que je te l'ai troqué contre ta bonbonnière…

Les deux filles échangèrent un sourire puis, quand Anna reporta son attention vers ce qui se passait dehors, elle vit Sarah qui nageait seule au milieu du lac. L'eau avait retrouvé sa couleur habituelle. Il n'y avait plus de trace de Robot.

Hervé

Hervé s'élança en direction de Sarah. Contrairement à cette dernière, il n'avait pas enlevé ses vêtements avant d'entrer dans l'eau, et cela rendait ses mouvements malaisés. Mais il s'en balançait. Assez étrangement, il ne ressentait plus le froid maintenant qu'il était au milieu du lac avec elle, comme si l'eau s'était réchauffée d'un coup. Sarah et lui nageaient l'un en face de l'autre, et elle le regardait avec son grand sourire. Il lui souriait aussi, mais il sentit soudain que quelque chose n'allait pas. Sarah souriait avec sa bouche, cependant que son regard était froid et dur.

— Ça va, mon amour ? balbutia-t-il.

Non, cela n'allait pas. Il comprit alors que Sarah lui avait tendu un piège. Il le comprenait, mais il ne pouvait pas l'admettre. Il la regarda d'un air suppliant, espérant voir la chaleur revenir dans les yeux de Sarah.

Sans cesser de sourire, elle lui dit :

– Tu es un monstre et tu vas disparaître.

Et il disparut. Il sentit quelque chose d'immense (une main ? un tentacule ? une bouche ?) s'emparer de son corps et l'entraîner vers le néant. Il se retrouva subitement dans un endroit noir (tellement noir) et froid, il se sentait tomber dans le vide, et la dernière phrase que Sarah lui avait dite résonnait dans son cerveau. «Tu es un monstre et tu vas disparaître… Tu es un monstre et tu vas disparaître… Tu es un monstre et tu vas disparaître…» Cela ne dura qu'une seconde, mais Robot comprit intuitivement que cela ne voulait rien dire là où il se trouvait. Le temps avait cessé d'exister. Il savait qu'il serait prisonnier de cette seconde pour l'éternité.

Élie et Anna

Élie sentit son cœur bondir dans sa poitrine quand il vit Anna sortir du petit chalet et venir à sa rencontre. Elle était vivante! Ses vêtements étaient couverts de boue et de sang séché, elle avait une vilaine bosse sur le front, mais elle était vivante. La première impulsion d'Élie fut de courir vers elle et de la serrer contre lui très fort, mais il se retint. À la place, il proféra cette évidence :

— Tu es vivante.

— Toi aussi, on dirait.

— Oui, moi aussi.

Ce fut elle qui le serra dans ses bras. Les deux adolescents restèrent agrippés l'un à l'autre un long moment, puis ils se tournèrent en direction du lac Adélard. Les questions se bousculaient dans la tête d'Élie. Comment Anna avait-elle su pour Hervé ? Comment avait-elle réussi à lui échapper ? Que venait-il de se passer à l'instant ? De son côté, Anna brûlait de demander à Élie ce qu'il avait vu des derniers instants de Robot, même si elle était presque certaine de ce que serait sa réponse : il avait vu le directeur entrer dans l'eau tout seul en tenant des propos étranges à l'adresse d'un être invisible, avant d'être aspiré au fond du lac. «Je vois des choses que les autres ne voient pas», songea Anna, et au moment où cette pensée se formait dans sa tête, elle aperçut, de l'autre côté du lac, près de la bécosse, un vieil homme, très grand, très maigre, à la peau jaunâtre et au regard perçant. Il la fixait d'un air menaçant. Oui, elle voyait des choses que la plupart des autres ne voyaient pas, et la forêt autour du lac Adélard était remplie de ces choses. Elle frissonna et prit la main d'Élie pour l'entraîner à sa suite. Elle voulait quitter cet endroit et n'y plus jamais revenir. Ils auraient tout le temps pour parler plus tard. Pour l'heure, la question qui s'imposait était celle-ci : «Qu'est-ce qu'on fait maintenant ?» Ce fut Élie qui la formula.

— On s'en va, répondit Anna.

– Mais... euh... comment on va expliquer tout ça?

– Expliquer quoi?

– Quelqu'un va bien finir par signaler la disparition d'Hervé.

– Et?

– Ils vont le rechercher.

– Et tu peux être certain que je vais participer activement aux recherches.

– Ils vont fouiller ici. Son auto est stationnée dans le chemin. Ils vont draguer le lac.

– Ils trouveront rien. Robot est pas dans le lac...

– Euh... oui, il est dans... Mais, tu penses pas qu'on devrait parler de ce qui est arrivé à la police?

– Non! Et promets-moi de jamais rien dire à personne à propos de ce qui vient de se passer.

– Pourquoi?

– Je veux pas que ma mère apprenne de qui elle était tombée amoureuse. Promets.

– Promis. Mais il va bien falloir que tu trouves de quoi à raconter à ta mère. Elle va vouloir savoir pourquoi tu t'es enfuie de l'école et que tu réapparais quelques heures plus tard la face en sang.

D'ailleurs, moi aussi, je vais avoir des explications à donner à ma mère.

– Ouais, c'est sûr. Je me fie à toi pour m'aider à trouver une histoire. T'es bon là-dedans.

– Si tu le dis. Mais les personnes enterrées sous l'appentis de la cabane à sucre, tu en fais quoi ? Rose-Marie, Patrick, Julie, Marianne, Denis...

– Denis va bien. Mais t'as raison, on peut pas les laisser là. Le père de Rose-Marie la recherche encore, et les parents des autres sont peut-être encore vivants. Je propose qu'on attende quelques mois, le temps que les choses se tassent, avant de faire un appel anonyme à la police.

– D'accord. Euh, Anna...

– Oui ?

– Je suis désolé.

– Pourquoi ? T'as rien à te reprocher.

– Mais c'est moi qui t'ai invitée au lac la première fois. Rien de tout ça serait arrivé si je t'avais pas invitée l'autre jour.

– Et Robot serait encore en liberté. Il serait dans ma maison. Je suis contente que tout ça soit arrivé, finalement. On peut remercier Andréanne et Tristan.

– Pourquoi ?

– Ben… cette expédition, c'était juste un prétexte pour qu'ils se voient en dehors de l'école, non ?

– Non, en fait, c'était un prétexte pour que je te voie, toi, en dehors de l'école.

– Pour vrai ?

– Pour vrai.

Puis, après un silence gêné, Anna ajouta :

– Pourquoi tu m'as pas simplement demandé si j'avais envie de faire de quoi avec toi ?

– Parce que t'aurais peut-être dit non.

– Mais j'aurais peut-être dit oui.

– Mais je pouvais pas savoir si tu dirais oui ou non.

– Non, tu pouvais pas le savoir…

Lorsqu'ils arrivèrent près de la Chrysler de Robot, Anna courut récupérer le journal de Rose-Marie. Elle ne savait pas ce qu'elle en ferait, mais elle s'assurerait que personne d'autre ne le lise jamais. Ainsi, personne ne ferait jamais le lien entre le débonnaire Hervé Cossette et le meurtrier qui avait enterré tous ces cadavres au milieu de la forêt. Comme s'il lisait dans ses pensées, Élie demanda :

– Au fait, c'est quoi le rapport ?

– Le rapport ?

– Entre le nom d'Hervé Cossette et le surnom « Robot ».

– Tu le vois pas, vraiment ?

– Non.

– Réfléchis. Si Rose-Marie et moi, on l'a trouvé, tu peux y arriver toi aussi.

– J'y ai déjà réfléchi, mais là, je donne ma langue au chat.

– Réfléchis un peu plus fort...

– Anna !

Mais la jeune fille se contenta de lui faire un pâle sourire. Puis elle prit place sur le Tao Tao et, désignant le siège du passager, elle dit :

– Embarque. C'est moi qui conduis.

Il ne protesta pas. Il lui lança la clé et s'installa derrière elle. Anna fit démarrer le véhicule et roula le plus rapidement qu'elle le pouvait en direction de Charette.

François Blais

François Blais est écrivain et employé d'entretien dans un centre commercial. Il mène ces deux carrières avec un égal brio. Il vit à Charette, en Mauricie, avec ses chiens, ses chats et ses chèvres. Pour adultes, il a fait paraître une dizaine de romans aux éditions L'instant même, dont *Les rivières suivi de Les montagnes* (Prix des Horizons imaginaires 2018), *La classe de madame Valérie* (finaliste au Prix des libraires du Québec 2014) et *Document 1* (Prix de création littéraire de la Ville de Québec 2013).

En littérature jeunesse, il a signé deux albums illustrés aux éditions 400 coups : *752 lapins* et *Le livre où la poule meurt à la fin,* ouvrage qui a remporté le Prix des libraires du Québec jeunesse 2019, catégorie 6-11 ans.

Lac Adélard est son premier roman pour le jeune public.

Iris

Iris a fait un DEC en arts plastiques au cégep de l'Outaouais, puis un bac en bande dessinée à l'Université du Québec en Outaouais. Depuis 2007, elle se consacre principalement à la bande dessinée, à l'illustration et à l'écriture. Son travail s'adresse tantôt aux plus jeunes, tantôt aux plus vieux, et ses créations sont bien souvent teintées d'humour (souvent noir) et de dérision.

À la courte échelle, elle a illustré l'album *L'abominable*, écrit par Danielle Chaperon, qui a été finaliste au Prix des libraires jeunesse 2013. Elle a aussi créé avec Elise Gravel la série du Professeur Zouf, très populaire auprès des jeunes. De plus, elle est l'auteure et dessinatrice de la série *Les autres* publiée mensuellement dans la revue pour adolescents Curium. Le premier tome de la série de bandes dessinées western *Folk* (La Pastèque) a été finaliste au Prix Bélélys Québec en 2019.

la courte échelle **(** noire

Des romans pour les amateurs de sensations fortes.

HORREUR   SUSPENSE   ENQUÊTE

7 ANS et +

9 ANS et +

11 ANS et +